左岸译丛

PROVENCE
L'HOMME QUI PLANTAIT
DES ARBRES

普罗旺斯种树的牧羊人

[法] 让·吉奥诺◎著

陆泂◎译

Jean Giono

深圳出版社

图书在版编目（CIP）数据

普罗旺斯：种树的牧羊人 / (法)让·吉奥诺著；
陆洵译. -- 深圳：深圳出版社，2024.7
（左岸译丛）
ISBN 978-7-5507-4021-1

Ⅰ.①普… Ⅱ.①让… ②陆… Ⅲ.①杂文集—法国
—现代 Ⅳ.①I565.65

中国国家版本馆CIP数据核字(2024)第086002号

普罗旺斯：种树的牧羊人
PULUOWANGSI : ZHONGSHU DE MUYANGREN

出 品 人　聂雄前
责任编辑　邱秋卡
责任校对　黄　腾
责任技编　梁立新
封面设计　花间鹿行

出版发行　深圳出版社
地　　址　深圳市彩田南路海天综合大厦（518033）
网　　址　www.htph.com.cn
订购电话　0755-83460239（邮购、团购）
设计制作　深圳市龙瀚文化传播有限公司 0755-33133493
印　　刷　深圳市华信图文印务有限公司
开　　本　787mm×1092mm　1/32
印　　张　7.25
字　　数　82千
版　　次　2024年7月第1版
印　　次　2024年7月第1次
定　　价　38.00元

译者序

　　九十年前的1934年，上海天马书店出版了"雨巷诗人"戴望舒编译的《法兰西现代短篇集》。在一众法国作家中，戴望舒开篇介绍的就是让·吉奥诺，称他为"法国民众文学真正的代表"，由此，让·吉奥诺的作品开启了中国之旅。改革开放以来，国内研究法国文学的著名学者纷纷展开对吉奥诺作品的解读和品评：中国社会科学院"终身荣誉学部委员"柳鸣九教授称赞吉奥诺具有"超前的"以"万物多元论为基础的自然观、环境观和生态观"；中国法国文学研究会前副会长、傅雷翻译出版奖得主郑克鲁教授指出吉奥诺的作品里充满了对"普罗旺斯的出色描绘"；中国法国文学研究会前会长、中国社科院研究员吴岳添教授把吉奥诺推崇为"当代最著名的普罗旺斯小说家"；法兰西教育勋章获得者、江苏省紫金文学奖翻译奖得主、南京大学张新木教授评吉奥诺的作品"再现了南方普罗旺斯的自然风貌和社会现实，在法国当代文学史上留下了光辉的一页"；中国法国文学研究会会长、上海市作家协会副主席、傅雷翻译出版奖得主袁筱一教授认为吉奥诺的作品"语言平实，文字优美，节奏舒缓，结构匀称，富有散文诗的雅致"。吉奥诺的名字始终和南法的浪漫之地普罗旺斯联结在一起。

2013年，时任傅雷翻译出版奖组委会主席、法兰西道德与政治科学院外籍终身通讯院士、北京大学燕京学堂院长董强教授在《三联生活周刊》发表题为《阳光与飓风：普罗旺斯文学之旅》的专题文章，首次在全国畅销期刊上向国内广大读者全面系统地介绍了现当代普罗旺斯文学，影响颇大。在这篇文章里，董强教授开宗明义地指出："如果你问一名法国人，谁是最能代表普罗旺斯的作家，他多半会提到季（吉）奥诺。"可以说，在法国现当代文学史上，普罗旺斯在某种意义上成了吉奥诺的身份标签。

2016年1月，鲁迅文学奖得主、著名作家陈应松在《世界文学》上发表文章，盛赞吉奥诺的作品"真实""伟大""含有人世间终极的真理"。

回望历史，生于普罗旺斯的吉奥诺在1929年携《山冈》初登法国文坛时便表现不凡：纪德称赞他的作品具有"彻底的新意"，对他"非凡的才华"感到"十分惊喜"；阿拉贡称他是"唯一一位大自然的诗人"。在这两位法国文学巨匠的褒奖与鼓励下，这位自学成才的普罗旺斯年轻人辞去银行工作，专心从事文学创作。凭借一系列笔墨精湛的文学佳作，吉奥诺相继获得了美国布伦塔诺奖、英国诺特克利夫奖、摩纳哥文学大奖，当选龚古尔文学院院士和摩纳哥大奖评审委员会委员，并担任过戛纳电影节评委会主席。

吉奥诺的作品不光是法国文学的一颗明珠，更是世界文学的无价瑰宝。1970年，吉奥诺逝世，美国《纽约时报》刊登了一篇短文向吉奥诺致敬，称他是"本世纪最成功的法国小说家之一"。"吉奥诺一生的主题是他的故乡普罗旺斯，他聚焦普罗旺斯的焦土、旧石和橄榄树，聚焦普罗旺斯朴实的人民和它史诗般的历史。"寥寥数语，足见其作品在大洋彼端的影响力。

可以说，在当今文化多元发展的社会里，吉奥诺的作品之所以非常值得一读，不光因为在文学世界里留下了浓墨重彩的一笔，还因为对文坛之外的诸多人产生了不容小觑的影响。时至今日，这些影响已沉淀为一段段文坛佳话，映衬着吉奥诺不朽的一生。

吉奥诺的故乡在普罗旺斯一个名叫马诺斯克的小镇，这里正是享誉世界的护肤品牌欧舒丹的原产地。欧舒丹的创始人奥利维耶·博桑一家与吉奥诺的交情颇深，甚至因为吉奥诺而举家搬迁至普罗旺斯："多亏了让·吉奥诺，我的父母在二十世纪五十年代初离开巴黎，来普罗旺斯定居。我在家里总是听说吉奥诺的事，这有助于我的人格塑造。"

博桑早年就读于法国艾克斯-马赛大学文学专业，也是吉奥诺的忠实读者："正是从吉奥诺那里，我得到了植树的愿望和对风景的热爱，他对风景的描述很有创意。像《种树的牧羊人》一样，我也希望在大自然中留下同样的痕迹。"他坦言这部作品中"蕴含的强烈思想和生态方法"对他影响很大，让他很早就意识到人必须"回归自然，依靠自然，尊重自然"，所以他决心要

"创建一个品德高尚、接近自然的公司"。博桑坚称自己之所以能够创立世界闻名的纯天然护肤品牌欧舒丹，与阅读吉奥诺的作品不无关系："如果我没有读过吉奥诺的作品，我就不会去蒸馏植物，就不会创建欧舒丹！"

法国圣罗兰是名扬四海的时尚品牌，其创始人皮埃尔·贝尔热也与吉奥诺结下了深厚的友谊。1950年夏天，当时还只有二十岁的贝尔热怀揣着作家梦，来到普罗旺斯度假，受到了吉奥诺全家的热情款待，令贝尔热一生都感怀于心："当时，我见到了二十世纪最伟大的作家，还遇到了一个名副其实的家庭。我和吉奥诺一起度过了难忘的纯朴时光。"贝尔热庆幸自己"能拥有一位像吉奥诺这样的朋友"，称吉奥诺是自己的"导师、朋友"。值得一提的是，多年后，当贝尔热成为商界精英并创办圣罗兰品牌后，为了报答吉奥诺对他亦师亦友的人生指导，他欣然出资设立了"吉奥诺文学奖"，鼓励法国青年作家创作优秀作品。而1997年"吉奥诺文学奖"的青年得主便是后来获得诺贝尔文学奖的勒克莱齐奥。

宫崎骏是赫赫有名的日本动漫大师，他常在作品中传递环保的理念，面对"全球自然景观正一步步遭受破坏"的现实，他不禁感叹，对"大地、风景以及其中的一草一木"越发思慕，而这恰好与吉奥诺笔下在普罗旺斯荒原上种树的牧羊人相通。

我之所以讲一些有关吉奥诺"朋友圈"的轶闻佳话，无非是想让不熟悉吉奥诺的读者朋友在翻开这本散文集之前，多一些对这位法国南方作家的了解：吉奥诺不仅仅是一个落在纸上的名字，他是地地道道的普罗旺斯人，为人洒脱，崇尚自然，热爱生活，他的文字质朴大气，浑然天成，源于生活又高于生活，把普罗旺斯风貌描绘得生动传神、引人入胜，用语言将生活与艺术完美结合在一起。

所以，在浩如烟海而又星光熠熠的法国文学世界里，以译介法国文学见长的深圳出版社选择出版吉奥诺的散文集《普罗旺斯：种树的牧羊人》，必定具有十分重要的考量。在中法建交六十周年之际，诺贝尔文学奖得主勒克莱齐奥的一番话道出了其中蕴含的深刻意义："在中国翻译出版吉奥诺的作品，尽管有空间上的距离，且有了时间上的变迁，却仍然可以让中国读者备受感动。读者一方面会有发现异国情调的乐趣，另一方面更会产生感官的交融。他们会欣慰自己遇见了法国文学中风格最独特、最具世界性的作家之一：让·吉奥诺。"

陆洵

2024年3月写于苏州

目录

种树的牧羊人

要了解一个人是否有真正高尚的情操，得有幸经年累月地观察他的行为。如果他行事大公无私，如果他为人高风亮节，如果他做事不图回报，而且还在世间留下了明显的印记，那么毋庸置疑，我们面前的这个"他"肯定会让人念念不忘。

大约在四十年前，我跋山涉水，深入普罗旺斯腹地，在十分古老的阿尔卑斯山区，登上了不为游人所知的高原。

这片高原的东南和南面以迪朗斯河[1]中游为界，位于锡斯特龙和米拉博之间；北面以德龙河上游为界，从其源头到迪伊；西面以沃奈桑伯爵领地和旺图山麓为界。它包括下阿尔卑斯省北部的所有地区、德龙省南部和沃克吕兹省的一小块辖地。

我在这片荒野上长途跋涉。在这海拔一千两百米到一千三百米的地方，茫茫大地几乎寸草不生，只有野生薰衣草在兀自生长。

我涉足这片大地，穿越了它最宽阔的地方，走了整整三天，发现自己陷入了前所未有的荒凉之中。我在一个废弃的村庄旁支起帐篷。从昨天起，我的水就喝光了，现在得去找点儿水。这里的房子一间挨着一间，我猜想，过去肯定有一眼泉水或一口水井吧。尽管此处已成废墟，像一个

---

1 迪朗斯河，位于法国东南部，是阿尔卑斯大区主要的河流之一。

古老的马蜂窝，这里确实有个泉水池，可惜已经干枯了。这里有五六栋没了屋顶的房屋，承受着风吹雨打。边上有座小教堂，钟楼已经倒塌。此情此景，让人联想到村舍与教堂曾经的勃勃生机，如今这里却了无生气。

那是一个晴朗的六月天，阳光灿烂，这片天地相接的高地上没有任何遮挡。狂风肆虐，吹得人很难受，风儿在房屋的断壁残垣间呼啸而过，宛如一只正享用饕餮美食的野兽受到惊扰后发出的咆哮声。

我得收起帐篷继续赶路。从那里继续前行了五个小时后，我依然没有找到水，而且周遭的迹象也没有让我看到可以找到水源的希望。到处都是旱地，都是野草，都是千篇一律的景象。我隐约瞧见一个小黑影伫立在远处，以为那是一棵孤独的树。带着这样的猜测，我向那个黑影走去。原来是一位牧羊人。他的身边围着三十多只羊，都躺在晒焦的土地上休息。

他把水壶递给我，让我喝口水。片刻过后，我跟他来到高原的一处洼地，他的羊圈就在那里。他从一个非常深的天然洞口取水，水质很好。他在洞口安装了一个简易绞盘。

这位老人话不多，俨然一副独居者的模样。不过他给人的印象自信而稳重，在这片一无所有的大地上，的确很不寻常。他住的地方不是窝棚，而是一座真正的石头房子，从中可以清楚地看到他到此之后为修缮这片废墟而付出的劳动。房子的屋顶坚固，也不漏水。大风吹打在屋顶瓦片上发出的声音，宛如沙滩上的海浪声。

屋内整理得井井有条，餐具干净，地板清洁，枪杆油亮，炉子上正炖着汤。我注意到他最近刮过胡子，衣扣钉得很牢，衣服也是精心缝补过的，却看不出缝补的痕迹。

他请我喝汤，而后我把自己的烟袋递给他，

他告诉我他不抽烟。他的狗和他一样，安静、友善，却不谄媚。

我想在他这儿过夜，他立刻同意了。因为走到最近的村庄也还有一天半的路程，我对这个地区零星分布的几个村庄十分了解。在这些高地的山坡上，有四五个村庄散落在远方，隐没在车道尽头的白橡树林中。村里住着以烧制木炭为生的伐木工。在这样的地方，生活异常艰辛。面对严酷的气候，人们以家庭为单位聚居在一起，无论是盛夏还是严冬。与世隔绝的封闭环境加剧了他们本性的自私。人人都在痴心妄想，总在寻思逃离此地。男人开车把木炭拉去城里，然后再拉回来。如此这般喜忧交替，永无止境，再坚强的男人也会崩溃。妇女则心怀怨念。竞争无处不在，从针对木炭价格的争吵到关于教堂座位的争抢，美德要相互竞争，恶行也要相互争斗，善恶之间的大混战也从未停歇过。那里的大风一直刮个不停，刺激着人们的神经。自杀就像流行病，精神错乱者众多，而且几乎都丢了性命。

不抽烟的牧羊人找来一个小袋子，把一堆橡果倒在桌上。他开始小心翼翼地逐个检查，把好橡果和坏橡果分开。我抽着烟斗，提出要帮帮他。他说这是他的事。看到他如此专心致志，我也没有再坚持。这就是我们的整个对话。他把一堆较大的优质橡果拣到一旁，以十个为单位进行清点，他检查得十分细致，还剔除了个头较小或表面略有裂纹的橡果。当他拣出一百个完美的橡果后，便停了下来，然后我们各自就寝。

和这位老人相处，我的内心倍感平和。第二天，我请求他让我在他家再休整一天，他觉得这是理所当然之事。更确切地说，他给我的印象是，无论面对任何事情，他都能超然物外。对我而言，这样的休息并非绝对必要，只是我心存好奇，想对他有更多的了解。他把羊群放了出来，把它们赶到牧场。出发之前，他把那一小袋精心挑选并数好数量的橡果浸在了水桶中。

我注意到他随身带着一根用作手杖的铁棍，有拇指那般粗，长约一米五。休息的时候，我散了散步，沿着一条与他平行的路走。放牧的草场位于一处谷底，他让狗来照看羊群，自己则走到我站的地方。我担心他是为责备我的鲁莽而来，但情况完全不是我想的这样。这是他要走的路，他邀我同行，如果我没有其他要事的话。在高高的山坡上，他从那里又继续向前走了两百米。

到了目的地后，他用铁棍在地上捣了一个洞，在里面放入一颗橡果，然后把洞填好。他在种橡树。我问他这块地是否属于他，他说不是。他知道这块地归谁吗？他也不知道。他觉得这是公家土地，抑或是为某个满不在乎的人所有。土地究竟归谁，他并不关心，他只是聚精会神地埋下了一百颗橡果。

吃过午饭，他继续挑选种子。我想，正是由于我再三坚持，他才回答了我的问题。三年来，他一直在这片荒原上植树造林，总共种下了十万颗橡果。在这十万颗橡果中，有两万颗发芽破土，长成幼苗。关于这两万株幼苗，他预计仍会损失一半，要么被啮齿动物啃个精光，要么在风云变幻中莫名夭折。剩下的一万株橡树，它们会在以前还是寸草不生的地方生长。

就在这时，我关注起老人的年龄。他看上去有五十多岁了。他告诉我他五十五岁，名叫埃尔泽阿·布菲耶。他以前在平原地区有个农场，那里承载着他的全部生活。在相继失去了唯一的儿子和妻子后，他便隐居在荒原上。在羊儿和小狗的陪伴下，每天过着悠闲的生活。他认为这片大地正因为缺少植被而濒临死亡。他接着补充道，由于没有要事缠身，他决定改变这种状况。

我当时还很年轻，却也过着独居的生活，知

道如何细腻地接触独居者的灵魂。由于我年纪尚轻，因此必须考虑自己的未来，并对幸福有一定的追求。我告诉他，三十年过后，这一万棵橡树一定会变得蔚为壮观。他非常爽朗地回应道，如果上帝让他活得长久，那他就用三十年光阴种下更多的树。到那时，这一万棵橡树也仅仅是沧海一粟。

此外，他已经在研究山毛榉的种植方法。他在自己家附近，用山毛榉果培育了一片苗圃。由于担心羊群咬坏树苗，他就用铁栅栏把苗圃围了起来。树苗长势喜人。他告诉我，他还打算在山谷里种白桦树，那里有隐隐流淌的水源，就在地下几米深的地方。

第三天，我们分手告别了。

第二年，第一次世界大战爆发了。此后，我当了五年兵。作为一名步兵，我几乎没有时间去想那些树。说句实话，这件事本身并没有给我留下深刻的印象，我只是把它视作一时兴起，就像收集的邮票，很快就把它遗忘了。

战争结束后，我得到的补偿费少得可怜，不过我很想呼吸一下新鲜空气，心底不由自主地冒出一个想法，想再去那片荒原走走看看。

这片大地并未改变。不过，在死气沉沉的村庄的另一边，我远远便看见了一阵灰蒙蒙的雾气，像地毯一般覆盖在高原上。从昨晚开始，我又想起了那位种树的牧羊人。我想，那十万棵橡树一定长成广袤的森林了吧。

在这五年的光景里，我见到太多人死去，自然想到埃尔泽阿·布菲耶可能也已经不在人世了。在二十岁的年轻人眼里，人一旦年过半百，便成了等待死亡的垂暮老人。但他没有死，而且身体还挺硬朗。他不再养羊，因为羊群会破坏他种的树。他只留下四只母羊，不过却有一百多个蜂箱。他告诉我，他对战争毫不关心，他一直在专心致志地种树。

1910年种的橡树已经有近十年的树龄，长得比我高，也比他高。此情此景真是让人叹为观止，我惊讶得说不出话来。由于他也不说话，我们就这样默不作声地在他的树林里走着，走了整整一天。这片树林分成三段，长十一公里，最宽的地方有三公里。眼前的这一切并非依靠技术手段，而是源自这个人的心灵手巧，我由此明白，人类除了破坏以外，还可以像上帝一样进行卓有成效的创造。

这个男人执着于自己的理念。这片一望无际的山毛榉便是明证，它们已经长得与我齐肩高了。那片橡树林也长得郁郁葱葱，啮齿动物们再也奈何不了它们。至于变幻莫测的天意，若想摧毁这一杰作，那也得借助龙卷风才行。他指着一片欣欣向荣的白桦林，跟我说是五年前种的，也就是1915年，我正在凡尔登打仗的时候。他认为谷底比较湿润，于是在那里种满了白桦树，情况确实如此。白桦树稚嫩得像少年一般，十分坚毅挺拔。

而且，创造会产生连锁反应。不过他对此并不在意，依旧锲而不舍地履行着自己的使命，一项非常简单的使命。但下山路过村庄时，我看到记忆中一直干涸的地方有溪水流淌。这是我见过的最了不起的反馈。在遥远的古代，这些干涸的小溪也曾流水潺潺。我在本文开头提到了几处凄凉的村庄，它们建立在古罗马时期高卢人村庄的遗址上，其痕迹依稀可见。考古学家曾在此地进行过挖掘，发现了一些鱼钩。到了二十世纪，当地人得用蓄水池才能集得一点儿水。

风吹散了种子。随着溪水复流，大地又现柳树、橡树、草地、鲜花，生命又有了意义。

但转变发生得如此缓慢，以至于大家对此早已习以为常，也丝毫不觉惊讶。上山追捕野兔或野猪的猎人来到这片荒原，注意到了这片郁郁葱葱的苗木林。他们觉得这纯粹是大自然的玩笑之作。因此，没人去干涉这个男人的行为。要是此前有人对他有所质疑的话，那他肯定遇到过不少刁难。在这些村庄和行政部门的人眼里，谁会想到有人竟如此百折不挠又如此义薄云天呢？

从1920年起，我每年都去拜访埃尔泽阿·布菲耶，却从未见过他动摇或产生过怀疑。不过，只有上帝才知道这片大地能种出什么东西来！我没有记录他经历的挫折。然而，不难想象，若想取得这样的成就，肯定要克服重重困难；若想获得如此激动人心的胜利，必须与绝望做斗争。有一年，他种了一万多棵枫树，但无一存活。第二年，他不再种枫树，改种山毛榉树，其长势比橡树还好。

若要准确了解老人高尚的品德，就不能忘记他是孤身一人完成了植树造林。他孤独得那么彻底，以至于在生命的最后阶段，他已经失去了说话的习惯。抑或是他觉得没有说话的必要？

1933年，一名护林员造访老人，被惊得目瞪口呆。这名护林员命令他不要在户外生火，以免破坏这片天然林的生长。他还天真地告诉老人，这是他第一次看到林木可以自行生长。那时，老人正准备在离家十二公里的地方种植山毛榉。为了避免来回奔波——他当时已经七十五岁高龄了——他计划在种树的地方用石头砌一间小屋。第二年，小屋就造好了。

1935年，一个真正的林业管理代表团来考察这片"天然林"，其中有水泽森林管理局的一个重要人物、一名议员以及几个技术人员。他们废话连篇，声称要做点事情。幸好，他们还是做了一件好事：把这片森林划入国家保护区，禁止任何人到此伐木烧炭。看到茁壮成长的苗木，在场的代表们很难不为这份绿意盎然所倾倒，连议员也被迷得如痴似醉。

我的一位朋友是护林队队长，他也在代表团中。我向他解释了其中的奥秘。第二周的某一天，我们一同前去拜访埃尔泽阿·布菲耶。我们碰到他的时候，他正在离检查点二十公里远的地方埋头苦干。

我和这位护林队队长并不是无缘无故成为朋友的。他知道世间万物的价值，也懂得保持沉默。我把几个作为礼物带来的鸡蛋拿了出来，我们三人分享着这份简餐，面对天地之美，都陷入了沉思。不知不觉间，几个小时悄然而逝。

我们来时的山坡上长满了六七米高的树木。这片大地在1913年的荒凉景象，至今历历在目。工作平静而规律，空气清新，生活简朴，内心平和，这让老人拥有了强健的体魄，他仿佛是上帝派来的健将。我不禁在想，他还要种多少公顷的树木？

离开之前，我的朋友提了一些小小的建议，告诉老人哪些树种适合在这里生长。不过，他并未坚持这些建议。他事后跟我说："原因很简单，这位老人要比我懂得多。"我们又走了一个小时，有个想法一直在他脑海里盘旋。最终，他开口说道："老人懂的比任何人都要多。他找到了获取幸福的终极办法。"

多亏了这位护林队队长朋友，这片树林和老人的幸福得到了保护。他派了三名护林员保护这片树林。不知用了什么办法，他让三名护林员对伐木工的贿赂无动于衷。

只有在1939年战争期间，老人的树林才受到了严重威胁。当时的汽车以燃气驱动，需要源源不断的木材，于是便开始砍伐1910年种的橡树。所幸的是，林区离公路太远，木材公司又遇到了财政困难，最后只好停止了砍伐。不过老人什么都没看见。他正在三十公里外的地方，笃定从容

地种着他的树，对1939年的战争一无所知，正如
他对1914年的战争也一无所知一样。

　　我最后一次见到埃尔泽阿·布菲耶是在1945
年6月，他当时已经八十七岁高龄了。我再次踏
上了荒原之路，虽然战争让这片大地变得满目疮
痍，但还有一趟公交车往返于迪朗斯河谷和山
区之间。也许是公交车这一现代交通工具开得太
快，我已经认不出自己曾经走过的地方。这条路
线似乎也带我穿越了一些新区域。看到了村庄的
名字，我才能断定自己确实身处曾是废墟的荒凉
之地。我在一个叫韦尔贡的地方下了车。1913
年，这个村子有十几栋房子，却只住了三个村
民。他们性情野蛮，相互仇视，以狩猎为生，无
论是身体还是精神，都与原始人相差无几。村子
四周荨麻遍地，吞噬了边上废弃的房屋。他们的
处境看不到一丝希望，只是在等待死亡。身处这
样的境地，美德也一扫而光。

如今，一切都变了。风儿也变了，扑面吹来的不再是干燥粗暴的强风，而是柔和芬芳的轻风。风儿轻拂树林发出的声响，宛如高山流水之音。最让人惊讶的是，我听到了真正的流水入池之声，看到了一口不断喷涌的泉水。最让我感动的还是那株椴树，栽在泉水旁边，可能已经有四年的树龄，长得枝繁叶茂。毋庸置疑，这一切正昭示着春回大地。

此外，韦尔贡处处显露着劳动的迹象。对于投身劳动的人而言，希望是不可或缺的。所以，希望又回来了。废墟已被清理，断壁已被推倒，五栋房屋也得到了重建。这个村庄现在有二十八位居民，其中包括四对年轻夫妇。房屋粉刷一新，四周都是菜园，里面交错而整齐地种着蔬菜和鲜花，有白菜、玫瑰、韭葱、金鱼草、芹菜和银莲花。从今往后，这里就是一处人人向往的安居之地。

过了那个村落，我继续迈步前行。这里刚刚走出战争的泥沼，生命之花还未全情绽放，但万物复苏已露端倪。在高山脚下，我看到片片小型畦町，里面种着大麦和黑麦。在狭长的山谷底部，几片草地披上了绿装。

从那时起，仅仅用了八年时间，整片大地便焕发出健康向上、安宁富足的气象。1913年，我看到的是一片断壁残垣。如今，在当年的废墟上矗立起一座座干净整洁、粉刷一新的农舍，预示着生活的幸福与舒适。由于林地雨水与雪水的滋养，古老的源泉又开始流水潺潺。人们也得以挖渠引水。农场旁，枫树林边，泉水从喷泉池沿溢了出来，漫过了落在地上的新鲜薄荷叶。村庄正在逐一重建。有些居民来自平原地区，他们因那里地价昂贵而迁居此地，同时带来了青春活力，促进了人口流动，激发了冒险精神。我们在途中遇到的村民，无论是成年男女，还是男孩女孩，他们都面带笑容，流露出对乡间聚会的喜爱之情。老一辈村民见证了很大的变化，他们都过上了甜蜜的生活。如果算上新来的村民，那全村便有一万多人，他们每个人的幸福都要归功于埃尔泽阿·布菲耶。

每当我想到这位老人凭一个人的体力和毅力，在茫茫荒原上开拓出希望之乡，我便觉得人类的创造力实在令人敬佩。每当我想到老人的这份功绩，想到他高尚的灵魂中蕴含着坚忍不拔，宽厚仁爱中隐藏着勇往直前，我的内心便升腾起对他的无限崇敬。老人虽然只是一位没有文化的农民，却实现了只有上帝才能实现的伟业。

1947年，埃尔泽阿·布菲耶在巴农疗养院安详辞世。

关于普罗旺斯风景的信札

　　这条公路令人昏昏欲睡，我宛若一只被施了催眠术的母鸡。最终，还是因为有人突然出现，才使我回过神来，随意换了条道。

　　这些道路狭窄蜿蜒，我无意在此将它们的编号一一罗列。它们是省道、市道，甚至是村道，是我曾经走过的大地。这些我曾经穿过、绕过或见过的小城镇，我也不愿透露它们的名字，只想道出内心的喜悦。我之所以刻意含糊其词，是因为想保护这片阿尔米达的花园[1]。不，不，我只会和你说，这就是法国东南部的某处地方。

亲爱的朋友，你明白了吧，这不再是盲目行动或思考的问题，尤其是当我慢慢摆脱身不由己的状态，重新掌握主动权（人们所说的控制权）的时候。这时，我开始走马观花地欣赏着周遭的风景。老实说，这样的风景既高贵典雅，又带着尘世的妩媚。

我们时常会想象中国哲学家持续不断的快乐，一种我们尚未企及的境界：乐在其中。

嗯，现在，我便生活在其中。我经过——确实是这样——悬岩、松林、橡树、金雀花、碎石、天空（在我给你写信的时候，头顶便有一片

---

1 阿尔米达的花园，意为"幸福乐园"，源自意大利诗人塔索的《被解放的耶路撒冷》：11世纪，十字军东征时占领了耶路撒冷，穆斯林少女阿尔米达立志用自己的美貌战胜敌人。她对十字军的将领里纳尔多使用魔法，使其昏然入睡，最后将其放置在"幸福乐园"里。从此"阿尔米达的花园"也象征着看上去美好、实则充满诱惑与危险的地方。

苍穹）、庄稼、山丘、峡谷、山谷、白杨、岩石、村落、遗迹、城堡、薰衣草、橄榄树、杏树、荒野、沙漠。这里的景色带着贺拉斯[1]式的优雅与简洁，美得令人屏息。

啊！真的应该一睹为快！目光所及，景物繁多。我想用一连串恰当却老套的词，将这些景物向你细细道来。

凌空的高架桥，乳白色的荒原，半透明的云翳，灰暗的山峰，肃穆的美景，粗犷的线条，单调的宏伟，裸露的岩石，险峻的峡谷，强烈的光线，远处蒸腾的雾气（紫罗兰色或紫红色），厚重的阴影，轻车般的云朵，充满魅力的余晖，炙热的太阳，枯草围成的梯地，已成废墟的拱廊，还有灰烬与尘埃，（当然还有）高大的柏树，苍老的橄榄树，暗淡的赭石，银灰色的碎石，（当

---

1 贺拉斯（前65—前8），古罗马诗人、批评家、翻译家，代表作有《诗艺》。

然还有）渺小的梯田，老鹰的巢穴（很显然，谁会想到这是布谷鸟的巢穴呢？），多孔的悬岩，"绿色的田地"[1]，还有闻名遐迩的"阴影朦胧的树冠"[2]，无论从哪一方面来看，这个名字听起来都不像别的地名那样笨拙。

如果你什么也没看到，那也很好，你的内心将得到升华。我就在那里等你。

请你相信，你应当不会遇到比我更热心的仆人、挚友、崇拜者和丈夫了。

---

1 原文为拉丁文"Viridissimis agris"，意为绿色的田地，位于地中海沿岸。出自罗马作家小普林尼的《书信集》。
2 "阴影朦胧的树冠"，引自法国浪漫主义作家夏多布里昂《阿达拉》的第一章《猎人》。

我不认识普罗旺斯

　　我不认识普罗旺斯。听说这个地方的时候，我便发誓永远不会踏足此处。据我所知，它是由白卡纸制成的，上面的装饰用糨糊粘在一起。男高音与男中音们系着红腰带，在那里慵懒地低声吟唱；桂冠诗人们手执普罗旺斯长鼓，吹着长笛，定期"爆发"热情奔放的游行。这样的游行，与其说充满诗意，不如说像某种霍乱般的宣泄。

　　我钟爱高贵与优雅，钟爱这片优秀的大地在无声中显露的庄严。不，我永远不会去别人向我描述的这个普罗旺斯。

然而，我住在长满了橄榄树的山坡上。在我的露台前，马诺斯克和它的三座钟楼围成一圈，俨然一副东方都市的模样。

迪朗斯河流淌在狭小山谷的底部，它感到自己已逼近康塔特大平原[1]了。就在今冬汛期，它的漫漫洪水横穿山谷，仅用七个小时便到达了阿维尼翁[2]。

鹿尔山[3]庇护着我们，可它挡住了旺图山的风光。我永远也不会离开这片土地。它曾给予我，现在每天仍在给予我，我所钟爱的一切。

一开始，你会被这一整片土地的静谧打动。

---

1 康塔特大平原，位于法国普罗旺斯－阿尔卑斯－蓝色海岸大区，围绕着阿维尼翁。

2 阿维尼翁，法国东南部城市，沃克吕兹省的市镇。

3 鹿尔山，法国上普罗旺斯阿尔卑斯山省的一座山脉，它与相邻的阿尔比恩高原和旺图山属于同一地质构造。鹿尔山长约42公里，最高峰高1825米。

这片广袤的高原上长满了杏树。杏树开花的时节，能隐约听到蜜蜂的嗡嗡声。你可以整日独自漫步，沉浸在一种欢欣喜悦、有序和谐且异常安宁的状态里。当你渐渐走向高处，树木便会离你而去。它们并不是一下子离开的，而是一棵接着一棵，总给你留下些许花草树木作伴。它会陪你走上一程，把你托付给另一位朋友，然后再离你而去。你继续往高处走，经过杏树的拥抱，又受到椴树的抚摸，接着又有栗树和白杨树扑面而来。随后，你面前出现一片荒芜的原始大地，它波澜起伏，缓慢的和谐里包含着一种神妙的醉意。

还得再走几步——这几步似乎跨越了一段神奇的距离——去看看世界屋脊，看看崇山峻岭，看看它们的银装素裹。只消一天，这里便能让你领略到这个世上最崇高神圣的组织。它形态简约，充满睿智，能给予你最平和、最持久的愉悦。它用奇妙的逻辑环绕着你，让你化身为光明之神、纯洁之神。

在你的归途中，这片大地为你准备了溪流纵横的小径。你内心的安宁不再受到任何干扰。你的灵魂与这片大地已共结连理，永不分离。若要寻觅人的踪影，无须下山，在这个高度便能找到他们：他们如大地般沉默而严肃，在寺宇环绕的田间劳作，在群山间的橄榄园里耕耘。远方蜂巢般密密匝匝的村庄，仿佛浮在希腊神话里的白云之间。凝望此情此景，他们的目光宁静而安详。

你会拥有同他们一样的愿望，你会走入那片灰色的村庄，走在层层屋檐之下。也许，有人会在兜兜转转时再次看到你，然后你拐进了村庄的屋檐下，消失不见：如同清冽的溪流，它们生活在群山的屋脊之下，生活在深邃悬岩的光彩之中，没人看得见它们。就像所有在这里消失的人那样，你再也没有听过他们的消息。于是，某一天，在某条小径的岔路口，你遇到一个人，自忖道：

"我认识他的。"

然后，你又会想：

"不，看看，他以前可没有这般精力充沛。"

你没有认出他来，日常的这种喜悦与宁静已将他全然改变。

在普罗旺斯诗人的作品里，似乎存在一个普罗旺斯。

但这个普罗旺斯我并不认识。

1936年

阿卡迪亚[1]！阿卡迪亚！

  无论是向左还是往右，只需走上十里路，便足以进入另一方天地。从城堡林立的浪漫之地出发，沿着微微曲折的道路，径直去往具有维吉尔[2]风格的古典乡村。黑色的荒原占据了大半个平原，不时陷落为幽深的山谷；地里整整齐齐地栽着葡萄，可供一户或一人容身的小房子散落在平原各处，一直绵延到最远的山上。我很喜欢这种

---

1 阿卡迪亚，希腊二级行政区，也称乌托邦，在西方文化中常被引申为"世外桃源"。

2 维吉尔（前70—前19），古罗马诗人，著有《牧歌集》《农事诗集》和史诗《埃涅阿斯纪》。

别样的美。我随心所欲地往右、往左、朝南、朝北地走着。这里与思想僵化的地方截然不同。在这片土地上，你若遇上一位野心勃勃的年轻人，定会大吃一惊。换成年迈孤独的农民，情况也是如此。而且，这里的一切都会言说。这里的农民做事颇有规划，他们怀着诸多梦想，非常认真地经营自己的幸福，行事风格毫不死板。就算发生争执，他们也不会披甲相斗，而是如赤膊抹油，身体滑溜得让人什么也抓不住。在这里，镇静被视作懒惰和散漫。他们不会因命运的打击而垂头丧气，当旁人以为他们不知所措时，却发现他们隐去了身影，一步未迈就避开了锋芒。他们是没有《圣经》的清教徒[1]，是没有罗马的罗马人，是克伦威尔的骑士，他们思维的火花在家里迸发。不过这种性格也有缺点。他们不免被看作傲慢之

---

1 清教徒，16世纪中叶起源于英国国教会的一派新教，主张"清洗"教会旧制和烦琐仪式，提倡"勤俭清洁"的简朴生活。

人：因为人们常把通识当作礼貌，又把共识视为
文化。

村庄依山而建，坐落于峭壁之顶、险峻之
巅，那里经常有石块滚落。普罗旺斯人在渴求安
全感和追求省力之道之间找到了平衡，因此在
清新的空气中栖居，俯临万物。资产阶级用"广
阔无垠"或"一望无际"来形容其中一些"景
象"。这份广阔被装裱进门窗里，宛若墙上罗慕
路斯[1]和勒莫斯[2]的彩印画或是表现希伯来人横渡
红海[3]的彩绘画。这些景色里，有十分之九是天
空，还有一小部分是大地，以及人们俯瞰的土
地，它们让心灵享受到古朴的狂热和乐趣。当看

---

1 罗慕路斯（前771—前716），神话人物，罗马神话中罗马城的建立者。

2 勒莫斯（前771—前753），神话人物，罗慕路斯的孪生兄弟，罗马神话中罗马城的建立者。

3 出自《圣经》中的《红海的穿越》，讲述以摩西为首的希伯来人穿越红海，躲避埃及人追赶的故事。

到百公里外的飓风袭来，人们还未弄清楚原因，恐惧便消耗殆尽。最悲戚的呼啸，大宅里的隆隆回声，只会引发最温柔的悲伤。从一些位置绝佳的地方，可以俯瞰比一个区还要广阔的领土，那里遍布橡树林。站在高处，可以透过树枝瞧见宏伟而浪漫的大教堂，偶尔还能瞥见白色的山路痕迹。在迪朗斯河左岸，这片树林和白橡树林混杂在一起，又覆盖了山谷和山丘，一直蔓延到圣博姆山[1]：再往前便是大海了。绝对联想不到人流涌动的城市、有轨电车、人行道，以及璀璨的灯火；现代模式里的任何东西都足以摧毁天真的城里人关于沙漠的想象。即便是马赛[2]，人们可以通过鲁埃石柱[3]来推测它的位置，但和这些延伸向

1 圣博姆山，位于法国东南部的普罗旺斯地区。

2 马赛，法国东南部城市，位于普罗旺斯－阿尔卑斯－蓝色海岸大区罗讷河口省。

3 鲁埃石柱，一块位于马赛以北的埃托瓦山脉的巨石，所处位置可以俯瞰整个地区。

大海、没有灵魂的辽阔土地相比，它几乎算不上什么。整个地区，仿佛是为成为弗鲁瓦萨尔[1]或者至少沃尔特·司各特[2]笔下某一章的背景而生的。司汤达[3]顺着阿尔卑斯山现在的路线北上格勒诺布尔市时，早已觉察到这一点。即便如此，他也只是沿着这个遍布坚固城堡的奇特地区走了一圈。十几座房屋像马蜂窝一般傍着峭壁而建后，一般会有一栋气势更为磅礴的房子来驾驭它们。但事实却与之相反。强者以及在孤独中寻找存在价值的人，他们会率先砌起自己的围墙，其他人便纷至沓来，以寻求庇护。一般而言，出于喜好或出于算计来到高处的人都没有集体感。他们总会通

---

1 让·弗鲁瓦萨尔（约 1337—1405），法国中世纪作家和宫廷历史学家。

2 沃尔特·司各特（1771—1832），苏格兰著名历史小说家、诗人、剧作家和历史学家。

3 司汤达（1783—1842），法国作家，被认为是最重要和最早的现实主义的实践者之一，代表作有《红与黑》等。

过自己砌的高墙来显露自负与骄傲，甚至是性格中某些令人难以察觉的粗野。他们为自己的手段得意扬扬，用细微的差别塑造自己的肖像（就像雷茨和圣西门[1]）。由此你可以看到这样一个形象：对晴朗而平静的日子感到十分厌恶，会打开所有朝北的、面向狂风的以及永远照不到太阳的窗户。在另一处，一扇凸起的天窗诉说着苦涩的美德，诉说着铁石心肠，也许还有（会同时出现的）脆弱的胸膛。阳光灿烂的日子里，有几处建筑的外立面在阳光下显露出怨气冲天的傲慢，数百年来，这股傲慢应该被控制得很好，到现在还飘于树林之上。不过在一个荒芜的小山丘上，我却看到了一处修剪过的黄杨木园。它的拱门，还有纵横交错的小路，都展现着一个敏感的灵魂在孤独中炫技的巧思。

---

1 克劳德·昂利·圣西门（1760—1825），法国哲学家、经济学家、空想社会主义者。

如果你无须在所谓的国道上疾驰前进，那倒可以深入了解一下这个地区。如果要看灌木丛或马蒂厄牧场，就得走其中一条偏僻的小路。这些路不是省道，而是小镇公路，它们承载了小镇的牵挂。这是最佳路线，比之更妙的是谈论路线的人。这些路线将带领人们开启一场冒险，一场有关整个地区的劳作和牵挂的冒险。

一切都指向一个社会，一个需要和各种性格相磨合的社会。这是一条路，它从一个人的心旷神怡通向另一个人的争强好胜；它迂回曲折地伸向一个巨大的门廊，途经一眼泉水；它力图让沿途都是屋舍，以求暴风雨来临时有一处遮蔽所。它几乎总是沿着小贩、驿车和人们赶路时的旧时轨迹而行。人们看着它绕向一处早已无关紧要的小农场，1784年，一位有名的年轻女子曾在这里住过，她貌美如花，生活却很简朴。其他山路则通向美酒产区。一切颠簸都有其原因，起伏不平也其来有自。蜿蜒曲折是它深思熟虑后的产物，这种蜿蜒绵亘可以让你免受风吹日晒。这条笔直的路线以最快的速度带你逃离一个不宜停驻的地方。灰色水泥外墙上几乎辨别不出高利贷者家的大门，从中延伸出的市镇公路宽阔而曲折，与蒙热内夫尔[1]小镇十分相称。草地小径分出一条岔路，直直通向老铁匠的铁砧。以前，人们习惯沿着白杨小路走上百步。我们并不是为了拐弯才不走旧时的路，而是因为曾有一位牧羊人在这棵树下被害，从此我们避而远之。尽管坡道十分崎岖，但人们还是毫不犹豫地奔向这座村庄，因为它有一百个值得去的理由：它总是以天真调皮和博学多识的姿态对待那些需要消除的丑恶言行，满足人们对美食的欲望。

如果只看宜人的风景，那就大错特错了，还

---

1 蒙热内夫尔，法国上阿尔卑斯省东北部的一个小镇。

要关注其中的激情。

城市的规模不大：居民有五六千人，最多一万人。在十九世纪，城市人口被划分为手工业者和农民。女人若想成为手工业者，必须要有轻薄的内衣，必须深谙四条规则[1]，必须字迹工整，必须熟知那些被称作"装腔作势"的礼节。大多数时候，有想法的农家少女早就离开了光秃秃的荒野，投身思想的战斗。格吕耶尔奶酪[2]的零售量足以满足她的野心。她成了自己信仰的支柱，登上了资产阶级成功的顶峰。所有的男性手工业者（除手艺人外，还包括公证员、小学教师、药剂师和邮政局局长，医生则自成一类），他们夏

---

1 此处指笛卡儿方法中的4条规则：①凡是没有明确认识到的东西，决不把它当成真的接受；②把所审查的每一个难题按照可能和必要的程度分成若干部分，以便一一妥善解决；③按次序进行思考，从最简单、最容易认识的对象开始，一点一点地逐步上升，直到认识最复杂的对象；④在任何情况下，都要尽量全面地考察、普遍地复查，做到毫无遗漏。

2 格吕耶尔奶酪，源自瑞士弗里堡州小镇格吕耶尔的一种奶酪。奶酪呈黄色，上面有很多小洞眼，闻起来有蜂蜜和坚果的味道。

天穿黑色的羊驼毛外套，礼拜天穿笔挺的衬衫、戴宽边毡帽，平日则套着蓝色的罩衫。他们炫耀自己的文学修养和自由主义，对贝朗瑞[1]的歌曲了如指掌，还订阅了《茅舍夜谈》[2]。最有钱的那些人会把"马里亚尼葡萄酒"[3]纪念册和《韦莫特年历》[4]摆在小圆桌显眼的位置上。

这些城市宛如王冠、面包和棋子，它们的创建往往出于逃离的需求、等级观念和天真的想法，还有看似鲁莽的谨慎，或者换一种说法，小心谨慎的人所能容忍的一切鲁莽。飞机一从城市上空飞过，人们就建起了郊区。他们不害怕倾家荡产，敢于带着武器和行囊奔向马赛，甚至敢与对

---

1 皮埃尔－让·德·贝朗瑞（1780—1857），法国革命民主主义诗人。
2《茅舍夜谈》，创建于 1877 年的法国周刊。
3 马里亚尼葡萄酒，一种混合了古柯叶的酒精饮料，19 世纪 60 年代由法国化学家安吉洛·马里亚尼研发。
4《韦莫特年历》，由约瑟夫·韦莫特（1828—1893）创办的法国年刊，于 1886 年 1 月 1 日首次出版。

立阶级的人结婚。现在人们正在创建"外科医疗互助会"，在我看来，这个项目关乎人们未来的幸福生活。

风从西北方向吹来，和一万年前一样。生活仍旧依赖于同样的资源：橄榄油和葡萄酒。1903年，有一类人被叫作"懒鬼"，在马诺斯克有五六个，科比耶尔有两三个，圣蒂勒有一个，皮埃尔韦尔[1]有四个，艾克斯有二十多个，阿尔勒也有二十多个，阿维尼翁可能有一百个。这儿有三个，那儿有两个，土伦有四十个，德拉吉尼昂有三十个，图尔沃有六个，布里尼奥勒有八个，萨莱讷有五个，巴尔若勒[2]有七个。马赛我们就不说了，那里的人没有这样的品质。上面说到的那些

---

1 科比耶尔、圣蒂勒和皮埃尔韦尔均为法国东南部城市，位于普罗旺斯－阿尔卑斯－蓝色海岸大区上普罗旺斯阿尔卑斯省。
2 艾克斯、阿尔勒、阿维尼翁、土伦、德拉吉尼昂、图尔沃、布里尼奥勒、萨莱讷和巴尔若勒均为法国东南部城市，位于普罗旺斯－阿尔卑斯－蓝色海岸大区。

人都是小橄榄园的主人：园里有五六棵树，最多十棵。他们在不同的年龄段以不同的方式"游手好闲"。有些鳏夫在年过五十后，心满意足地发现独身一人的需求很少。有些年轻人服完兵役回来后，觉得没有长官（不管是哪种级别的）在身边简直是极致的享受。还有一些老单身汉，一条裤子、一件灯芯绒外套可以穿二十年。鳏夫们在箱子里找到了许多衬衫（包括他们妻子的），足够他们穿到升天堂的那一天。冬天，他们会给自己织一件毛衣，甚至用毛毯织一件大衣。年轻人每年会通过帮别人一些小忙来换取他们所需的旧布料，比如在托运处搬行李箱，帮忙运煤炭等。这些"懒鬼"依赖于蜜橄榄和橄榄油。橄榄和橄榄油同样能帮他们换到一点儿酒。至于面包，则靠拾取。所以这并不完全是"游手好闲"，但毋庸置疑的是，他们做得很少，他们拥有完全的自由，他们是在生活，甚至活得很自在。

　　"栽培"橄榄树是艺术家的活计儿，它永远不会让人感到厌烦。修剪至关重要，因为树只在新枝上结果，这项工作容易使人产生幻想，以为创作需求可以轻易得到满足。补充一点，修剪得当的树能让人引以为豪，它们立于路边或众人漫步的山丘。人们看着它们，如果修剪得好，就像在看一场演出。显然，我这里说的是内陆，而并非离海几公里的橄榄树林。我们现在仍身处高高的山丘。修剪过橄榄树后，除了任其自由发展，便无须做其他事了。当地人对这件事情有独钟，是"懒鬼"眼中的消遣和梦寐以求的娱乐。凝望天空，这里多么富有激情啊！雨水、阳光和风主导一切，让每一天的生活都处于完美的节奏中。誓言可以让人自灵魂深处得到解放。而资产阶级却需要依赖许多机器才能获得解脱，甚至很难成功。

在一些地方，比如瓦尔省[1]的山区和迪朗斯河右岸，丘陵地区一直延伸到鹿尔山和德龙河[2]。橄榄园坐落在由干燥石墙支撑着的小梯田上，墙面洁白无瑕。这些灰色的小橄榄树最多两米半高，比人高不了多少，它们彼此相隔四五米，其种植历史已有千年之久。承载着这片橄榄园的土地绚丽多彩，有时呈近乎纯正的紫红色，大多数情况下是淡淡的赭石色，在似火骄阳下偶尔也会纯白如雪。在这些梯田上，生活安逸而美好。这里除了橄榄树，其他什么都没有。我是说没有建筑和屋舍，但无论是来给树木翻土还是信步漫游，都是一种乐趣。深秋，阳光在这里徘徊。橄榄树的叶子已无法投下阴影，几乎像一层薄纱。人们享受着白日里的美好时光。总能看到几个男人在橄

---

1 瓦尔省，法国东南部普罗旺斯－阿尔卑斯－蓝色海岸大区所辖的省份，位于法国东南部。
2 德龙河，法国东南部河流。

榄园散步。他们身材笨重，很像罗马人，仿佛是为了成为恺撒或谋杀恺撒而生。事实上，他们正在那儿以一种轻松且愉悦的方式进行幻想。他们一边抽烟一边散步。即便人们迫不得已要卖掉自己的东西，也会把橄榄园留到最后，甚至常常为了不出售橄榄园而做出牺牲。在这些地区，人们几乎不看报纸，就算要用报纸，也是为了晚上把它铺在身下睡觉。

橄榄园和图书馆有异曲同工之妙，人们去那里都是为了忘记生活，或为了更好地了解生活。在上瓦尔省的一些村庄和下阿尔卑斯省[1]的幽暗地带，天气并不恶劣，但生活充满了孤独。每逢周日早晨，男人们都要去橄榄园，就像女人们都去做弥撒一样。

---

1 下阿尔卑斯省，现称为上普罗旺斯阿尔卑斯，是法国普罗旺斯－阿尔卑斯－蓝色海岸大区的省份。

1907年，拉弗尔迪埃[1]小镇上有一位神甫，他几乎每次布道时都会说："人类是被诅咒的；他们是在橄榄园'走向魔鬼'的。"当然，如果他只是想说人类在各方面都走得很远，那他说的没错。在橄榄园，人类提出设想，并不断完善。巴比伦花园[2]，宽敞的谷仓，巨大的货棚，深邃的水井，人类正是在橄榄园肩负起这些责任的。他们在那里变得骄傲自豪、放浪形骸、自命不凡，同时也变得聪明睿智。

大约在同一时期，迪朗斯河谷北侧的维勒讷沃[3]也有一位神甫，不过他是意大利裔，名叫伦巴第。他设法缩短了妇女们参加仪式的时间。每周日上午十点半，他会叼着烟斗前往橄榄园，与让、皮埃尔和保罗会面，谈话卓有成效。他因此

1 拉弗尔迪埃，法国东南部小镇。
2 即巴比伦空中花园，古代世界七大奇观之一，又称悬园，现已不存在。
3 维勒讷沃，法国东南部城市。

阻止了五十多起悲剧的发生和很多乐趣的产生。

据说每逢圣凯瑟琳节[1]，即十一月二十五日，油橄榄就会成熟，采摘便也开始了。这里需要区分清楚。在尼斯和格拉斯[2]，在临近大海的土地上，在阿尔卑斯山周围的山麓上，人们会在橄榄树下铺上白色的床单，用长杆打落果实。这当然是因为橄榄树高大挺拔，但最重要的是来自大海的温柔使果实和心灵变得柔软。一旦到了荒僻地带，当气候变得更恶劣时，人们就得用手将树上的橄榄一颗一颗地摘下来。这就完全不同了。这是另一种文明。

年少的时候，我曾在橄榄园读荷马[3]、埃斯库

---

1 圣凯瑟琳节，法国的传统节日，于每年的 11 月 25 日举办，以纪念基督教圣女凯瑟琳。

2 格拉斯，法国东南部城市。

3 荷马（约前 9 世纪—前 8 世纪），古希腊诗人，专事行吟，创作了史诗《伊利亚特》和《奥德赛》。

罗斯[1]、索福克勒斯[2]的作品，那时我把自己的"幸福之巅"称为在德尔斐[3]的星期天。对我来说，没有什么比在德尔斐的星期天更美丽、更光荣了，它是我所能梦寐以求的一切。后来我在希腊花瓶上看到，希腊人也是用长杆打落橄榄的。这使我不再相信卡珊德拉[4]的预言。时至今日，我仍然不会改变想法：不管怎样，德尔斐的人们是用手采摘橄榄的。

这是最有趣的工作。通常情况下，天气很冷，如果料到有大丰收，就必须早点开始采摘。有时会有薄雾，橄榄树便在真实和虚幻的边界若

---

1 埃斯库罗斯（前525—前456），古希腊悲剧诗人，有"悲剧之父"的美誉，著有《被缚的普罗米修斯》等。

2 索福克勒斯（约前496—前406），古希腊剧作家，古希腊悲剧家的代表人物之一，著有《俄狄浦斯王》等。

3 德尔斐，一处重要的"泛希腊圣地"，即所有古希腊城邦共同的圣地，现在已被联合国教科文组织列入《世界遗产名录》。

4 卡珊德拉，希腊神话中特洛伊的公主，阿波罗的祭司，有预言能力，因抗拒阿波罗，其预言不被人相信。

隐若现。太阳刚刚洒落金色的光辉，还不怎么炽热。结冰的橄榄坚硬得像弹丸。对吝啬鬼或容易被现实财富打动的人来说，这种坚固和沉重给他们带来了金币一般可触的快乐。太阳缓缓升起，人们解开围巾，脱下披肩，舒适惬意地坐在枝杈上，悠闲地环顾四周。人们看到自己的财富挂满了枝头。

人们所主宰的是一片熠熠生辉的土地。尽管我刚刚提到了吝啬（这是故意说的，金币也是），然而这片土地的幸福并不依赖于钱财，而在别处。

五六年前，一件意料之中的小事发生在我身上。我也是靠小小的橄榄谋生的，这恰好能表明我要说的意思。我有一处养护不佳的果园，其界线也并不清晰。当时，我正在一棵果实累累的树上采摘橄榄，一个小个子男人拦住了我，声称这棵树是他的。更糟糕的是，他打破了我对幸福的希望，因为他还声称我周围的三四棵橄榄树也是他的。然而，这些是附近最美丽的橄榄树，沉甸甸的橄榄大得像李子，完全压弯了树枝，这两天我一直沉溺在丰收的美梦中。我从树上下来，准备争论一番。我在一次遗产拍卖会上买下了这片果园，果园的继承者甚至没有出现在现场。此外，他是马赛有轨电车的司机。公证人给了我土地登记号，但地方却在山丘荒僻处，这简直就像让独臂琴手拉琴一般。公证人还向我提及了一棵刺柏，它就在那儿。我之前就是从刺柏那儿划定果园范围的。这个家伙指给我看另一棵刺柏，他在怀疑我的话。这个男人身材矮小，只有四十公斤重，怒气冲冲。这都是我的罪过，我得注意些。不过我还是失控了，说了一些所谓的狠话。显然，我在各方面都要更胜一筹，所以立刻偃旗息鼓。我也早就看清了我的敌人，更贴切地说，是我的对手。他是一位命途多舛的房屋粉刷工，他的孩子死了，妻子也半身不遂，他靠慈善基金过活。从一处细节就能看出他的性格：自落魄以后，他的穿着都十分整洁，佩戴精心搭配的普通饰物，头戴圆顶礼帽，拄着手杖，甚至戴着手套，虽然手套少了一只而且上面还有洞，但也还算手套。自然而然，我的心就软了，语气也开始柔和下来。我称他朗贝尔先生，并说彼此开诚布公就很容易相处。他表示同意。（他曾是我岳父的朋友。总之，我宁愿被砍掉脑袋也不想因为一点钱而伤害他。）我大概知道要怎么帮他了。我的小袋子在地上，我把自己篮子里的橄榄挪到袋子里。我们掂量了一下，粗略估计里面有十五公斤橄榄。我说道："那就放二十公斤橄榄进去，我会付钱给你。"这不是问题所在。我很清楚症结在哪儿。"不，"他说，"我会带走这些橄榄。"

但对话并没有就此结束。因为我变得过于友

善，他由此推测我还犯了其他更严重的错误。他控诉我前几天也摘了他的橄榄。为了自证清白，我让他陪我一起回家。橄榄不能堆放保存，否则会发酵。只有在被送去油坊的前两天，它们才会被堆放起来。采摘期间，人们会将橄榄一层层地铺在某间冰冷房间的石质地板上，厚度不超过十厘米。在我家，我把它们放在一楼的书房里。我的果园地处背阴的山坡，也就是在北面，结的橄榄都很小。然而，凑巧又神奇的是，在这些背阴处，有几棵橄榄树生长得极好，并在前天让我收获了两大斗的大橄榄。那个小个子男人一下子就看到了它们："这些都是我的。"他这样声称。我原本打算给他一些钱（为了他瘫痪的妻子和死去的孩子），然而那一刻，我宁愿被剁成肉酱也不想再让步了。

总而言之，这场闹剧持续了三天。有些时候，我会忘记他瘫痪的妻子、死去的孩子以及他和我岳父的交情。当我忘记这些时，我会感到非常不愉快。毋庸置疑，这些橄榄（和他的橄榄一样美丽）就是我的，他却企图从我的地盘拿走它们。不，我想这是世界上唯一能让我说"不"的事情。

最后（我没再计较），他把他的果园卖给了我，然而是在采摘结束后才归我所有的。他当场拿到了一万法郎。他花了一周采摘橄榄，而我在一旁摘我的，也就是在那些毫无争议的属于我的树上。我看着他往篮子和包塞满漂亮的果实，它们沉甸甸的，散发着怡人的香味。他唱着1900年的歌曲，尤其是这一句："这是爱情之星，这是沉醉之星。"实际上，这些有争议的橄榄树完全属于我，因为来年春天，公证处的工作人员和村庄警卫拿着地籍登记簿向我证实了这一点。然而还有必要再证实这一点吗？

这就是人们所主宰的熠熠生辉的土地，上面

也洒满了轻柔冰凉的阳光。薄雾之后就迎来了明亮的冬日之光，万物尽展容颜。人们第一次发现枯草丛不是白色的，而是紫色的。人们可以清晰地看到数公里之外的农场和鸽棚，还能看到最远处走在路上的农民穿的灯芯绒外衣。远远望去，尽管金发妇人和黑发女孩都围着披肩和针织的三角围巾，但还是可以分辨得清。正是这些斑斓而纯净的色彩，赋予了这片土地深厚的底蕴，让人感受到澄清的天空。有时，人们会突然听到驴的叫声、马的嘶鸣或货车的轰鸣声。过去还能听到歌声。对我而言，往昔并未远去，至今历历在目。

母亲从不和我们一起采摘橄榄。父亲会和我一起去，他从不唱歌，但会低声咕哝。这声音在远处是听不见的。我在别处说过，我对父亲口中连续不断的嗡嗡声是多么敏感，它既像一种抱怨，又像一首胜利之歌。但母亲的所有歌曲都来自橄榄园。实际上，朗贝尔先生正是用歌曲《爱情之星》完全击败了我。

现在，我们不再唱歌。不是不合时宜，我们在采摘橄榄时会忘记时间，而是因为那些现代歌曲与橄榄园格格不入，也没有人会想起它们。我们没有歌唱它们的欲望。两年前，一位知道这些歌的年轻姑娘在我附近的果园摘橄榄，她试着唱了唱。她难为情了一会儿，在唱完一小段后，便停了下来。随之而来的沉默说明了一切。

我们采摘的姿态中蕴含着一种令人肃然起敬的古老。这些姿态使我们接近人类的某种状态。在这种状态下，这些歌曲没有立足之地。

在把橄榄送去油坊的前两天，人们会把它们堆放在一起。它们随即开始发酵。人们把赤裸的手臂伸进这堆橄榄里，如果能感受到强烈的热气，那么就该把它们运走了。这时，它们会散发出一种奇特的气味，橄榄油文化孕育下的人对这种气味非常敏感。这种味道通常会在我一楼的书房里停留到2月10日或者2月15日左右。

我仔细地用量器称量，确保每个袋子都有五十公斤重。接着，我的朋友布雷蒙会过来取袋子。他个子很高。在众人眼里，他是贩卖针线的小贩。他会开着货车，带着市集专用的长椅，到乡镇、村庄、农庄和最偏远的农场贩卖货物。我住在山上，远离城市，因此这样的货车对我来说大有用处。对于布雷蒙来说，五十公斤就是他可以扛得动的重量。他会喝着白兰地，带回油坊的账单，账单上会标出橄榄的总重量。我们全家人每次都会为这标明的总重量欣喜若狂。在我们看来，看到它，仿佛以后数百年的生活就有了永恒的保障。我小心翼翼地将这张账单放到书桌右边的第一个抽屉里。

然而，即使希望看到它们以橄榄油的形式回来，也没有人能愉快地与橄榄分开。如今，油坊都是现代化的，都配备了液压机。稍微大一点的城市都以拥有现代化的油坊、火星式奇特建筑的合作社以及配备气窗的实验室为豪，也滋生了畸形可怕的现象。我知道有一些城市为了建一所比邻市更大的橄榄油合作社，已经背上了百年的债务。在这样的过程中，作为原料的橄榄就变得不那么重要了。每个人得到的橄榄油都一样。为了让大家都满意，橄榄油（借助大量的化学工艺）便有了一种共同的味道，也就是一种平庸的味道。

年轻的时候，我一直认为与橄榄油有关的工作需要力量、耐心和艺术。在这个时期，一家一家地比较橄榄油是整个季度的大事，要一直持续到三月份。人们在面包片上滴三滴油，接着品尝，之后再讨论。当我的橄榄被装进袋子，对我来说，唉，一切都结束了。但是对于这个时期而言，一切才刚刚开始。

我们以前收留过母亲的一位叔叔，大家都叫

他尤金叔叔。他是一位老农民。他双耳失聪，这让他看上去总是乐呵呵的。和其他失聪的人不同，他并不悲伤，而是一直微微笑着。他说，这是因为他非常享受耳聋的状态。事实上，之前和他住在一起的兄弟会拉小提琴（他只会拉一首曲子：名为《俄国皇后》的玛祖卡[1]舞曲，他会用脚使劲跺地板来伴奏）。在我们家，尤金叔叔负责管理橄榄和橄榄油。实际上，他一来我们家，就用这些任务"轰炸"自己。除了这份显而易见的主动，他住我们家时还会带一些独自生活时用的小件家具，特别是那张亨利二世时期的桌子，我现在就趴在上面写字。

我非常喜欢尤金叔叔，因为他为人温和，笑意盈盈，尤其是他会像神职人员一样行使"橄榄树协会"的职能，并配有整套的礼仪和神圣的举

---

1 玛祖卡，原为波兰一种民间舞蹈，现已成为古典音乐中的一种经典舞曲。

止。橄榄装袋的时候，尤金叔叔会更衣易服。他穿上宽大的灯芯绒外套，披上披风，围上长围巾，穿好铆钉皮鞋。他会要一把椅子，我们也会给他一把。他取下自己的布袋，往里面放入一片面包。我妈妈会再添些奶酪、香肠、巧克力、吃剩的煎蛋、一升葡萄酒。尤金叔叔做事井井有条，直到装入这升酒，他才会说："至于他们，你会让我带什么给他们呢，波利娜？"带给他们的，往往是一升叫作"烧酒"的蒸馏酒。就这样，尤金叔叔斜挎着满满当当的布袋，等着油坊的人。他们会推着手推车过来，装好袋就走，尤金叔叔笨重地跟在后面，还带着他的椅子。他并不是要用椅子来挂袋子，而是想坐在我们放在油坊的橄榄旁边。

他并非独自一人。那天参加"橄榄树协会"的各家各户都会聚集在一起制油。

我说的那间老油坊在托特街的一条死胡同

里。阿利克油坊位于地下室，因其所属的房子而
得名。入口在一处斜坡，这个斜坡在拱顶下向
里深入，从中缓缓散出一团浓浓的白色蒸汽。带
有果香的橄榄油味对我们这一带的人来说十分舒
适，因此我很难描述从这处"冥王之地"散出的
气味。它让我完全沉醉其中。这是众神的食物。
实际上，对于不是我们这一带的人来说，这是一
种野性的味道，就像战场的味道一样，会使马儿
惊慌失措。（这一画面源自我祖父，他是祖阿夫
兵[1]，是尤金叔叔的兄弟。）

　　这些研磨橄榄的地下室靠废油照明。因为不
缺废油，所以到处都点着油灯。人们置身地下，
避免提取橄榄油时需要耗费的一切热量。我一定
是夸大了记忆中的这处地方。在我的印象中，
这些地下室都很大。尽头深处，火堆在一个大水

---

1 祖阿夫兵，最早出现在法国，是为法国效力的外籍兵团。

缸下燃烧。空气中弥漫着我刚刚说到的那股气味，充满野性又相当可怖，也就是说这股气味会引起人的恐惧（更多的是精神上的，而非生理上的），但它只是牲畜身上的气味。在痴迷古希腊悲剧的年纪里，这让我每次都会想到在到达弥诺陶洛斯[1]的巢穴前，弥漫在迷宫最后几间房间的气味。这是从马匹身上传来的，它们轮流转动磨盘，人们根本没有时间清理它们的粪便。这块磨盘在凹槽里转动，那些袋装的橄榄就被带入其中。这块圆圆的石头是一块高近2米、宽近0.5米的巨石块，它随着马儿的步伐缓缓滚动，上面沾满栗色和黑色的汁液。

在这闷热的地下，男人们赤裸着上身，有时甚至全身赤裸，只穿一条简单的短裤，当然，"橄榄树协会"集会的那天他们不会这样穿。这

———————

1 弥诺陶洛斯，希腊神话中的半人半牛怪物，被关在一座巨大的地下迷宫里，以童男童女为食。

些男人穿着上衣坐成一排，两腿间夹着长柄，双手搭在鸦喙[1]上，他们负责维持现场秩序，谁也看不见他们藏在大黑帽下的眼睛。（这个画面源自我父亲，在送我去油坊找尤金叔叔之前，他经常给我朗读《历代传奇》[2]中的选段。）

人们用木铲将磨盘研磨出的果泥填入直径一米、形似贝雷帽的草筐中。这些草筐一个叠着一个，堆放在榨油机的压板下。这样的榨油机有五六台。八个赤身裸体的男人将手中长长的木棍插入轮轴的孔里，再用全身力量推动，把油榨出来。他们边劳作边歌唱，极富节奏感。有时，男人们会雇一个会吹手风琴的烟囱清洁工来伴奏。他们会用菲阿尔代斯哀歌[3]的曲调歌唱《飞翔之

1 鸦喙，一种流行于中世纪欧洲的长柄战锤。
2《历代传奇》，维克多·雨果的一部诗歌集，是一部用诗的形象与语言描绘人类社会历史的巨著。
3 菲阿尔代斯哀歌，源于法国19世纪最重大的刑事案件——菲阿尔代斯被害案。菲阿尔代斯曾是帝国检察官，他于1817年被割喉。此事引发的轰动也促使了与之有关的哀歌成功。

心》或《虱子和跳蚤之歌》，但声音并不高昂，而是近乎低沉，就好像在唱一首无须费力的劳动之歌。

油已经变得像黄金一样金光灿灿。每当男人们绑上腰带并推动横杠，整个榨油机都会泛起油光，就好像在草筐中点燃了一盏巨大的灯。油通过木管滑到大水缸中，水缸在火堆的加热下冒着热气。在那里，油被撇去杂质，洗清污浊。四个酷似魔鬼的男人，他们浑身沾满了油污，像是用金属做成的，闪闪发光。他们手持巨大的汤勺，把浮出水面的"初榨油"捞了起来。

到目前为止，"橄榄树协会"的作用还不明确。由于不断的挤压，装满果泥的大草筐被压得像煎饼一样扁平。八个工人靠腰部力量推着横杠，但剩下的果泥残渣再也榨不出油来了。如果没有人在现场监督，只要草筐变得扁平坚硬，他们就会停下来。如果有人在那儿监督——当然监督者并无恶意——工人们会为了引起注意，每推三四次就重重喘息一下，好像倾尽了全身的力气，然后再停下来。但如果是一个真正的"橄榄树协会"成员在那儿监督，那么他会拿出那瓶"烧酒"，并对工人说："再坚持一会儿吧。来，喝杯酒。"他会待在那儿监督工人是否继续卖力干活。他会用赏金激励工人，还会请他们再喝一杯。一杯又一杯，流完一两升的汗水，挤压草筐的活儿终于结束了。关键是在合适的时候不要坚持让工人们干活，否则会显得监督员很吝啬，会让他们怀疑承诺的赏金，之后引发的闹剧恐怕只会比产的油还多。监督员还要考虑到油坊主也有权获得这些油渣，因此要严防自己过分压缩他们的利润。油坊主可从来不会忽略这一点。

尤金叔叔是一位优秀的监督员。因为他耳聋，所以只有亲眼确认工人们确实已经筋疲力尽，他才会变得通情达理，因此他们需要实实在在地用腰部使劲。尤金叔叔了解这一点，他在背心口袋里放了八枚二十苏[1]的硬币，在合适的时候，他会客客气气地分发这些硬币。这让他很受大家的喜爱。

不过，在尤金叔叔背心的另一个口袋里，放着一枚四十苏的硬币。那是为"负责地狱"的工人准备的。油坊的"地狱"就在这间地下室的下层。大水缸里装满了没有形状的油液，散发着浓浓的气味，表面泛着油光。当捞油工人用大汤勺把所有的初榨油收集起来后，他们就会拉起小小的闸门，"牛粪"，就是那些黑乎乎的焦油状的果肉余渣，就这样流进了"地狱"。在那里，余渣在黑暗和炙热中沉睡。在这样的沉寂中，初榨油的泡沫会在余渣的表面爆破。这也是油坊主的利润，但每一百公斤的橄榄只能出产一桶这样的

---

1 苏，原法国辅助货币，现已不用。

余渣。（他们把它放在家里的火堆旁，从里面再一勺一勺地取出一升或者一升半的橄榄油。我的母亲对此事非常擅长。）为了分发这些余渣，必须有一个男人待在"地狱"。按规定，每人只能获得一桶，装不装满都行。靠着那四十苏（算得上巨款了），尤金叔叔总能把桶装得很满。

到我这个年纪，当我想回忆一种纯粹的快乐，就会想起过去油被送到各家各户的情景。罐子早在两天前就已经清洗干净，摆放在厨房的炉灶旁边。下午四点左右，可以看到三个黑人运油工扛着长木桶，从我母亲店铺对面的小路走来。母亲有一间女工熨衣店：这家店无法放下所有的长木桶。我们正要打开走廊的门，那三个运油工便走了进来，后面跟着提余渣的人，再后面就是穿着披风的尤金叔叔。我们拔下木桶的塞子，橄榄油便源源不断地流入罐中。等到第二罐装满了，母亲问了一句，这个问题也是大家一直期盼的（那个时候，母亲的一名女工在桌上整齐地摆好小玻璃杯，并拿出装着酒渍樱桃的广口瓶）："今年的橄榄产了多少油？"（这其实是在问每一百公斤橄榄产了多少公斤油。）根据前几年的产量，有时候是十公斤半、十一公斤、十二公斤。谈到之前十二公斤的产量，母亲并没有多说什么，只是有些局促地说："之前有人告诉我是十三公斤。"大家哄堂大笑。至于十一公斤的产量，母亲谈得稍微详细了些，她说我们家橄榄的品质是众所周知的，所以我们自然会对当时区区十一公斤油感到惊讶。运油工嘟嘟着说了些客气话（因为母亲很有魅力），他们吃着酒渍樱桃，不失礼貌地对自己所受到的待遇表示惊喜，这对他们来说的确很不可思议。而说到十公斤半的产量，母亲非常生气，大家都不自觉地感同身受。在这种情况下，趁着不停说话的空当儿，母亲又多舀了三四桶余渣，她会耐心地从里面再取出几升油。

　　运油工一离开，邻居们就纷至沓来。面包店老板娘把我家的门开了一条小缝："怎么样，波利娜，"她说，"油很不错吧？""进来吧。"母亲骄傲地说。她在油罐旁如痴似醉，面包店老板娘也是同样的神情，接着是肉店老板娘、杂货店老板娘、摄影师太太、理发师（即皮卡利女士，她每次都很忌妒）。

　　当然，事情并没有就此结束。首先在当天晚上，我们会放下手中所有的事情，品尝用新油拌的沙拉。在整个用餐过程中，我们一直都在评论今年的油和去年相比是好还是差。第二天，我们通常吃鹰嘴豆沙拉（这种蔬菜最能让人品尝到油的精致），我们煮了很多鹰嘴豆，这样左邻右舍都能吃到。上午十一点左右，母亲打开店门："诺埃米，给我一个碗，我给你拿点鹰嘴豆。"还有奥坦丝、德尔菲娜、玛丽等，大家都吃到了鹰嘴豆，尝到了用来调味的新油。

最后，还有薄馅饼。直到现在，我仍然认为这是世界上最好吃的甜点，特别是普罗旺斯的这种薄饼。我甚至猜想在希腊也有这种饼。很长一段时间里，我想象尤利西斯[1]、阿喀琉斯[2]甚至墨涅拉俄斯[3]都吃薄馅饼。只有对海伦[4]，我不愿意这样想象：她一定不喜欢这种简单的东西。相反，我确信俄狄浦斯[5]会很喜欢。它就是一种简简单单的面饼，又长又扁（差不多有两厘米厚），人们在上面撒上大量糖粉，再淋上（同样非常多的）刚榨出来的新油。面饼会被整个放入烤箱，出炉时

---

1 尤利西斯，又译奥德修斯，传说中希腊西部伊塔卡岛之王，足智多谋，在特洛伊战争中贡献了著名的"木马计"。

2 阿喀琉斯，希腊神话中的英雄人物，被称为"希腊第一勇士"。

3 墨涅拉俄斯，希腊神话中斯巴达的国王。妻子海伦被拐走后，墨涅拉俄斯召集希腊境内几乎所有的国王对特洛伊开战。

4 海伦，希腊神话中宙斯与勒达之女，被称为"世上最美的女人"，她和特洛伊王子私奔，引发了特洛伊战争。

5 俄狄浦斯，希腊神话中底比斯的国王，他在不知情的情况下弑父娶母。

它就像布拉达曼特[1]的铠甲一般凹凸不平，金光灿灿，散发着美味的香气。这股香气宜人又美好。它不是木樨草那种淡淡的清香，而是浓郁的香味，在阳光下四处弥漫。如果我在洋葱干白贻贝中发现了和《奥德赛》[2]一样的味道，那么薄馅饼闻上去就是《伊利亚特》[3]的味道，更确切地说，是希腊军营的味道。

我们通常做四份薄馅饼：一份给邻居，一份给母亲的女工，一份给我们的房东（德尔菲娜小姐），一份给我们自己。这四份薄馅饼会耗费一升油（这堪称宗教意义上的献祭），母亲会亲自去面包店将油倒在烤箱里的馅饼上。她把空瓶子带回来，放在碗里沥干。她会重新找些佐料为

---

1 布拉达曼特，意大利史诗中一位虚构的女骑士。
2《奥德赛》，荷马创作的史诗，主要讲述了希腊英雄尤利西斯在特洛伊陷落后返乡的故事。
3《伊利亚特》，荷马创作的史诗，以特洛伊战争为背景，讲述了国王阿伽门农与英雄阿喀琉斯之间的争执。

晚上的沙拉调味。如果在沙拉里放醋，那就太罪过了。

类似的场景在各家各户都会发生。我们轮流分享和品尝各家的鹰嘴豆和薄馅饼：肉店老板娘、杂货店老板娘、面包店老板娘等。无论是山谷里还是山丘上的村庄，都是如此。奇怪的是，几乎没有专门售卖橄榄的集市，这就证实了我前面提到的人们对橄榄本身的情结。因为几乎没人卖橄榄。

住在同一条街上的街坊邻里并非都有果园，比如那位肉店老板娘，她是我母亲的挚友。由于她不缺钱，又想有自己的橄榄油，因此她非常希望能买到一些橄榄并储藏起来。但每年都难以实现。人家常常答应卖给她，然后又在最后一刻反悔。在我看来，她最后只能通过嫁人才能得到几棵橄榄树。

在集市上，商贩从来不囤货，而是把装着时

令蔬菜、刺菜蓟、婆罗门参、白芹菜等货品的小车一字排开。几乎从来没有人卖橄榄，或者说很少，而且售卖橄榄的并非那些拥有成吨橄榄的大富翁，而是一些神色迷茫的穷人。但这样的人也很少见。

自然，时代已经发生了变化。现在，橄榄油都是用液压机甚至是电压机进行压榨的，它们可以将果核也一起压碎。这道工序是在套着磨砂玻璃罩的镀镍机器中进行的，这机器让人联想到手术室。在这里，一切都丧失了个人印记。"橄榄树协会"被解散了，再也没必要监督自家橄榄的产油过程，所有采摘的橄榄都混在了一起。人们交出自己的橄榄，随即就能在收银台领取收据，凭收据便可以拿到非常多的油（如果人们愿意，甚至可以立刻拿到）。人们不再想比较作为原料的橄榄。最后，这里只剩一种橄榄油，它味道一般，或者更确切地说，味道很普通。

然而，"普通"是什么意思呢？就是要尽可能符合更多买家的喜好。实际上，若想知道橄榄油的味道，就必须生活在这片一望无际的橄榄林中，这片树林由许多橄榄园首尾相连而成，它们覆盖了埃斯特尔山和莫尔山北面的土地，一直绵延到韦科尔山[1]。在那里，也只有在那里，人们才懂得如何品鉴优质的橄榄油。在城市，人们完全没有精益求精的习惯，那里的一切都很平庸，最好的油不过是所谓"无味"的油。

当然，千万不要觉得是因为那些橄榄油合作社过于强大，我们才愿意接受这种"无味"的油。恰恰相反。它们必须（为了招揽我们的顾客）留下一种味道；但是这种味道远不是我们在1907年生产的橄榄油的味道。我有一位朋友（现在在阿根廷），他在马赛经营过一个知名的

---

1 埃斯特尔山、莫尔山和韦科尔山都是法国东南部山脉。

橄榄油品牌。来我家吃午饭时，他跟我说："给我尝点你那难吃的油。"他不仅把我的油倒在沙拉里，还把它抹在面包片上。"我的工程师会疯的，"他说，"你的油太涩了，卖不出去的，它有这个问题，还有那个问题。"（他引用了技术术语）"但是，"他又补充道，"再给我一些油吧，把油壶留在桌子上。我没有吃过比这更好吃的东西了。"

还有几家老油坊在运作。我听说里扬镇[1]有一家，奥珀代特镇[2]有一家。可以确定的是，圣扎卡里市[3]也有一家。我的一位朋友就在那家老油坊制油，是她带我去那里的。在抵达那里之前，从我这位朋友远在三十公里外的家出发，我们经过了五家橄榄油合作社，因为这个地区盛产橄榄。我

---

1 里扬镇，法国中部小镇。
2 奥珀代特镇，法国东南部小镇。
3 圣扎卡里市，法国东南部城市。

问油坊的主人是否还在做生意，他告诉我还有些生意可做。这个男人比我年长几岁，他看问题的方式和我一样。我在他的油坊里重新见到了赤身裸体的工人、手动的榨油机、"橄榄树协会"、油坊"地狱"，还见到了我的青春。确实，我在谈论这些的时候存有私心。他让我喝到了新鲜的橄榄油。而他的几个儿子却只想着橄榄油的加工和油坊的现代化。这间油坊也即将消失。

然而，周围的橄榄园都是优质而古老的果园，它们在阳光下显现出优良的品质。人们不会辜负它们的价值，这也意味着不会用它们牟利。它们会像孩子一样得到精心修饰和照顾。当地人不需要别的现代化油坊，只要有他们自己的传统油坊就够了。甚至有人大老远跑到这里，要和这古老的手艺打交道。失去这种优势需要花费很多金钱，但也有人乐意主动放弃这种优势，然后转头耗费巨资去享受自动金属机器带来的乐趣。当那位油坊主的儿子去马赛或土伦时，他们会在人行道上趾高气扬地想："我们是现代化油坊的主人。"事实上确实如此，但与此同时，他们也会被债务和烦恼吞噬。我并不同情他们。

有人来拜访我的时候，他们经常问我当地有什么值得一看。这很简单，旅游指南上都标记得清清楚楚。他们要做的就是买两百法郎的明信片，然后便能得到所有的资料。人们把值得一看的地方叫作名胜：勃朗峰[1]和大西洋就值得一看，还有韦尔东峡谷[2]、地中海、埃菲尔铁塔。到处都有埃菲尔铁塔，那正是他们希望看到的。但对于那些眼睛里闪着某种光芒的人，我会把他们送到所有旅游指南里都没有提到的小地方。

有一种非常盛大的旅行，当我想要获得真正

---

1 勃朗峰，阿尔卑斯山的最高峰。

2 韦尔东峡谷，法国东南部河流峡谷。

快乐时，我就会启程。我知道，这片地区散落着二十多座山丘、十几处坡地，还有一些斜坡和种着橄榄树的小山谷。这些果园有的孤芳自赏，有的在村庄之上层层叠叠，环绕在农场四周，或是装点着小屋的美丽；有的果园昏暗肃穆，就像是地狱中的小树林；有的果园绚丽璀璨，如同人们幻想中的至福乐土。

如果你不想看什么名胜，那么你也可以和我一样，即刻启程奔赴这一趟旅程。不要试图把这趟出行插进已经安排好的行程中：按照你的性格，你可能很晚才能到达之前设定的目的地，甚至永远也无法到达。不要去看埃菲尔铁塔之类的景点，那会让你变得像傻瓜一样。相反，你要去触摸和感受平和、寂静以及静止的时间。在品味一切事物的美好后，你就会变成一个活生生的人，这是之前的你无法想象的。我认识一些年轻的水手，他们在这样的旅程中成长为船长，我还认识一些船长，他们在这样的旅程中变得平淡从容。

请注意，我们马上要进入另一种节奏，它和城市里的节奏毫无关系，和7号国道上匀速行驶的节奏也毫无关系。它与速度无关，而与幸福有关。只要看上一眼，你就知道是怎么回事了。事物的安排非常合乎逻辑、清晰明了，你不会错过任何重点。这个地区的优势在于光线。随着旅程的推进，你离开粉色的村庄，来到白色的村庄，然后又离开白色的村庄去往蓝色的村庄。这些小路非常亲切，它们用树篱摩挲你的背部。一旦你感受到这片土地的富饶，驻足停留，爬上山丘，这一切就会变得十分自然。

我承认，除了几位与我关系好的朋友——他们有创造幸福的能力，我没有带很多人走过这条路线。但我发现，比起法国人，外国人对旅途更感兴趣。在这样的旅途中，除了速度，你可以找到一切。法国人会问我："我什么时候能到？"当我非常坦率地回答："您甚至可能到不了……"女人会拒绝享受这份浪漫。相反，英国人、西班牙人、南美人甚至北美人则会像孩童一般，立刻变得兴高采烈，神情坚定。

当然，当我说"您可能到不了"的时候，我夸大其词了。到现在为止，几乎所有人都能到达，除了一个意大利人，他是叙利亚某个城市的主教。这位大人让我很兴奋。而且，他想找一个不错的清净之地。我给他指了一处完美的乐土，那里是人间天堂。某个夏日，他下午四点出发，本该第二天一到达就向我报平安，并说说他的感受。但他并没有这样做，我一度认为他是无法接受我的天堂而回了意大利。一两个月后，他回来找我，显得兴高采烈。当我问到那处天堂的乐趣时，他显得有点局促。"我没走到那儿，"他说，"我在那之前就停了下来。"但他独自一人发现了一处我不知道的好地方，然而那附近一公里的区域，我已经走过了无数次。

你无法想象会有什么样的发现。这片地区实在太调皮了。举个例子，有一些小河谷，比如阿斯河河谷（阿斯河是迪朗斯河左岸的一条支流），它将汇聚的河流引向卡斯泰拉讷[1]小镇四周的山脉。起初，河谷开阔敞亮，环抱着美丽的杏树园。这些果园得在日落时分观赏。这正是抒发某种绝望时所呈现的画面，（而且毫不夸张地说）这种绝望就存在于希腊人与不幸抗争的灵魂中。大地呈现古旧的金绿色。杏树只有在春天才会长出一点叶子，天一热，叶子就会变黄变卷曲，树木几乎和冬天时一样光秃秃的。不同的是，这时的树木看起来好像浑身带刺。夕阳洒满大地，在逆光的地方，树木只剩下黑黢黢的身影

---

1 卡斯泰拉讷，法国东南部小镇。

在风中凌乱，而风都无须刮起。即使在异常平静的日子里，掠过树干的风也无处不在。这些树干像被铁手拧过一般，无法恢复原状。正如在阿伽门农[1]门前一动不动、即将放声呼喊的卡珊德拉，或者奔去科罗诺斯[2]森林途中的俄狄浦斯。

于是，你踏进了一处朴素之地，路过的几个村子掩映于冬青栎树下，没有一点声响。我从未听过这片地区响起钟声。如果你被这样的伎俩蒙骗，就会加快脚步，不会留在此地。如果那样，那你就错了。只要温柔待它，这片土地就不再抵抗。你只需离开公路走上百米，便会遇到令人羡慕的村民，他们会好奇你是如何发现他们的，而你正好撞见了他们享受生活的模样。你会梦想在那里有一间刷着白石灰的房子，永远也不离开。

---

1 阿伽门农，希腊迈锡尼国王，希腊诸王之王，特洛伊战争中阿开奥斯联军统帅，后霸占了阿波罗祭司卡珊德拉。
2 科罗诺斯，古希腊悲剧《俄狄浦斯在科罗诺斯》中的一处森林，剧中俄狄浦斯被埋葬于此。

这些小农场的运作蕴含着惊人的智慧。那里的一切都靠人力。人们不需要机器，徒手便能轻松完成劳作，顶多会使用马匹。羊群里最多有二十只母羊和六只山羊，由一位老妇人或者一个孩子负责看管。水脉通常是被小心翼翼地挖掘出来的。这条水脉非常珍贵，人们费尽心思将它引入一方美丽的水池，水池里多余的水则被用来浇灌菜园。

由此可见，这些农场并非营利性组织。在这里，吝啬无迹可寻，最盛情的款待是一种快乐。不论你想吃什么、喝什么，一切都应有尽有。这里小麦的产量比全年做面包所需的小麦还要多一些。一年如果能卖出五六千公斤的小麦，那就是极限了。有个酿酒的葡萄产区，面积不大。那里的劳作并不累人，所以无须帮佣。农场的女主人可以照料家禽，这些将于礼拜日和盛大节日里成为食物的小动物，带着一身漂亮的羽毛在农场附近走动。除这些劳作之外，农场主也会坐着马车去附近的集市逛一逛。他会在那里买卖猪、母羊、羔羊、马匹、鸡蛋和老母鸡。这几乎是他和所谓文明世界的唯一联系，也让他保持着理智和对生活的渴望。他抽着烟斗，并不看书，而是观察事物原本的样子，并且还有时间四处看看。他从来不会情绪激动，习惯了安静和悠然。他的情感世界很简单，几乎没有未满足的愿望。哪个亿万富翁能这样呢？

我之所以选择阿斯河河谷，是因为它很朴素，总而言之，它被认为是穷苦之地。的确，它深入山区，所在之处气候恶劣，满地卵石。

从高处俯瞰这片地区，可能就像从飞机上看到的那样，或者像圣父[1]看到的那样，你会被村民

---

1 圣父，宗教术语，在基督教中，圣父是造物主三个位格之一（其余两个是圣子和圣灵）。

房屋周围泛着的柔和色彩吸引。自南而下，它会不断扩大，最后变得十分壮观。到了秋天，这种色彩会变成红色，甚至是血红色。这些都是葡萄田，葡萄树凭着阳光和肥沃的土壤，越长越大。

说完了橄榄油，还有葡萄酒。葡萄酒的文明不如橄榄油的文明有智慧。橄榄园永远不会多产。一棵橄榄树要经过二十年才能结果，而且产量不多。而葡萄树在长出第三片叶子的时候，就会开始"产出"。"产出"这个词不仅意味着酒，也意味着钱，而且尤其意味着钱。很多东西都能产油：花生、向日葵，甚至还有一种叫红花的刺激性菊科植物。（再加上化学的"奇迹"，人们还可以用石头产油，用燧石产油。）然而这里的人只用葡萄来酿酒。因此，用葡萄酒来赚取金钱，自豪感便会油然而生，并且会愈发强烈。

这片绵延起伏的土地从阿尔卑斯山延伸至大海，土地上所有的凹坑都留有古老的软泥。葡萄树就在其中安然自得,茁壮成长,枝繁叶茂。葡萄树呈直线排布,以便于管理。葡萄树是一种比橄榄树更温顺的矮灌木,它从不趾高气扬,人们可以居高临下地看着它。种植葡萄的人可以独断专行。这种诱惑让最聪明和最快乐的人都无法抗拒。此外,人们从中发现了它们的价值,轻易便把它们从家庭用酒转变为商业用酒。往南走,漫山遍野的葡萄园上点缀着几处村庄。这些村庄很繁荣,边上还有现代化的别墅,家家户户都买了钢琴。

在启程穿越葡萄种植区之前,我想不妨先谈谈葡萄酒的奥秘。总之,这也算是临行前的一杯酒。

关于葡萄酒,我们不仅知道它与什么有关,而且还能知道(也许是)它与什么无关。我们以一种如痴似醉的方式,让沿途的平原和丘陵、山谷和山丘、江川和溪流、树林和草地环绕四周,它们不再是地理环境，而是宛如孔雀的羽毛。我们以崭新的方式解读"葡萄酒"这个角色，深入观察它的构造，品味有机生命的魅力，尽力探索它在物质以外的奥秘，如果可能的话（就像对待人类那样，它也确实就是个人），触及它的情感世界。葡萄酒是一位始终不容忽视的人物。它每时每刻都在参与我们的生活，掌管着我们的幸福与不幸、爱与恨、私心、希望与绝望。在我看来，我们应该终于知道它肚子里装的是什么了。好吧，去那儿看看它吧，但先让我们带上阿拉伯马，它扬起的马蹄会使我们的旅程增添光彩。

这位重要人物与我们所有产业都息息相关，每当我们为了解它的内心而忧虑不安时，我们就会本能地利用偶然中发现的一切。在我身上，首先发生了一件相当奇怪的事，它引起了我的警觉。一天晚上，我在找一本书，于是走到楼下的一间房间。楼下的这些房间在我家既是书房又是暖房。由于没有电，我手里拿着一根蜡烛，门敞开着，蜡烛就被吹灭了。夜很深了，正是窗缝因为凉意渗出露水的时候。还没等我在口袋里找到火柴，我就闻到一股芬芳。此时，黑暗对我起了作用：我只能通过嗅觉和想象来思考。我根本没有联想到什么花。我脑海中唯一浮现的画面就是酒桶。这个想法如此明确，以至于我仿佛看到了葡萄酒平静、美丽、泛着光泽的紫红色液体，以及汩汩冒出的粉色小泡沫。这股味道实在美妙，我把火柴盒拿在手里却没有打开。这些酒桶是通过什么神奇的方式来到这里的呢？没有任何原因。然而这的确是酒的香气，不可能搞错的。我的嗅觉不会思考，它触发了我的认知系统，后者判断这是葡萄酒，肯定是的。认知系统在黑暗中发挥的作用越大，酒桶、紫色液体和粉色泡沫的画面就越清晰。气味是如此浓烈清晰，如果继续这样下去，它就会把我灌醉。然而我知道，我只在酒窖存放了几瓶密封好的酒，而且酒窖离我住的房间很远。除此之外，家里再没有其他的酒。于是我点上蜡烛，环顾四周，除了书架，我什么都没看到。我陷入了无尽的沉思。这股味道萦绕不绝，始终如一，在它引发的画面中始终如此清晰、如此讲究，以至于让我继续看到想象的酒桶和真实的书本重叠的画面。直到最后，我才明白，很简单，这气味只是三朵盛开的风信子的味道。（但这种简单中蕴含多么奇妙而丰富的组合啊！）

我们不要下任何结论，而是让结论从层层叠叠的事件中自行显现。我们不该在这里做任何决定。我们需要知道的不是一个几何问题的解答，而是一位王子闪耀的灵魂。

再来说点别的。我们不妨看看葡萄园主。不要只看他在葡萄园丰收时的样子（也就是说他兴高采烈的神态），而要看看他在其他时候的表现，在生活中的模样。现在他就在我面前，从靠近他时就让我惊讶的，正是他的脸颊。

我从来没有见过比这更红润的血色，红润到几乎不是人类躯体的颜色。葡萄园主只觉得这面颊是神奇的毛毯，宛如为自己定制的面具。那里的血液"慷慨从容，兀自绽放"，就像两片美丽的红色花瓣的汁液。我看着血液在珊瑚色和紫罗兰色可爱小巧的枝叶上平静地流动，勾勒出铁饰品和波斯树的样子。我很欣赏这类人内心和灵魂的安宁，他们可以戴着如此丰富的面具生活在我们的现代社会中。因为，这就是葡萄园主的平凡生活。让我们想象一下，他们和妻子孩子面对面坐在饭桌前吃饭。我们呢，我们是脸上什么也没戴地坐着（只有上帝知道这样是否会让事情变得复杂），而葡萄园主却戴着面具坐在那儿，隐藏在这个大祭司面具之后。作为酒的仆人和祭司，酒在他们的脸上绘制了装饰，神谕要求他们在这装饰背后掩盖人类的脆弱。这是自然之神的祭司所佩有的文身；他们就是这样在不知不觉中拥有了愤怒、温柔、忌妒、慷慨、仇恨。他们在一处神秘莫测、与世隔绝之地，释放了自己的愤怒和激情。普通人可以做的事，爱与恨，他们也能做。但那些他们所仇恨或爱慕的人，却什么都无法承受，什么防御也无法准备。那一刻，我们从他们的脸上看到了和裸露的脸庞完全不同的东西。我们面前的这副面具带有神的印记，这位神灵不可忽视，它在争论中拥有多么惊人的优势啊！

这还不是全部。如果葡萄园主只是一位冒牌的祭司，那么他的面具无论多么华丽、多么惊人，其优势都无法长久。如果风信子和面具只是黑暗和血液心血来潮的游戏，那就没有必要如此重视。只有当它们成为神奇生命自我感知的美妙方式，它们才变得重要。

然而，这其中存在强大的迷惑力，这便是艺术。自远古时期开始，诗人就被称为"知晓者"。同样，从远古时期起，在学会追捕野兽之前，原牛[1]或剑齿虎[2]就被画在洞穴的岩壁上了。为了有更大的把握打败它们，远古的人类让艺术家画箭刺穿它们，这些画的箭比真实的箭更具决定性意义。从那时起，野兽就在人类的掌控中了。它们受了迷惑，注定失败，被远超肌肉的力量制服。而且，绝对可以肯定的是，远古时期的人类会唱歌，他们歌唱内心的激情、欲望和恐惧。简而言之，这就是世界的表达。众所周知，它远高于世界本身，且优于世界本身。从那个遥远的时代到今天，世界的表达远胜真实世界，这种优越性一直

---

1 原牛，一种已灭绝的牛亚种，常出现在欧洲和西亚的石器时代的洞穴壁画中，是重要的猎物。
2 剑齿虎，大型食肉目猫科动物，曾广泛分布在亚、欧、美洲大陆上，今已灭绝。

让人类灵魂如痴似醉。荷马、莫扎特、乔托[1]都在表达。然而，葡萄园主也在表达（如果你允许我耍个小花招的话）。他最终呈现的是一种包含所有艺术诱惑力的物质。物质？并非如此。是人！拥有紫红色躯体的王子，受风信子香气的简单召唤，从黑暗中显现，他向他的臣民分发珊瑚色和紫罗兰色的面具。在面具背后，人的力量神秘而强大，我们现在知道这不是欺骗。这个人一手托着赫斯珀里得斯[2]所有的花园，另一只手则捧着尤利西斯周围纵横交错的海洋（这些海洋跨越时间，环绕在尤利西斯周围）、卡吕普索[3]岩洞、喀

---

1 乔托·迪·邦多纳（1266—1337），意大利文艺复兴初期画家、雕塑家、建筑师，被誉为"欧洲绘画之父"。
2 赫斯珀里得斯，希腊神话中看守天后赫拉金苹果圣园的仙女，她们歌声嘹亮，主要由三个姐妹组成。
3 卡吕普索，希腊神话的海之女神，阿特拉斯之女，她曾将尤利西斯困在岛上七年。

耳刻[1]岛、莲花食者[2]所在的低海岸以及厄忒俄克勒斯[3]和波吕涅克斯[4]灿烂的天空。这位王子比刚刚那位葡萄园主更让我吃惊。尽管我猜想他拥有强大的力量——他在黑暗中因风信子的香味现身，慷慨地分发这样的面具——但当他此刻站在我面前时，我还是惊讶得张大了嘴巴！只要看着他就能让我沉醉。如果刚刚我直接动身去他那儿看他，而不是小心翼翼地、提前窥探他是谁，我可能会遇到很大的阻碍。那我将多丢脸啊。他不仅仅是一个剧目中的人物，而是由千万个剧目与桥段组成的。他既是阿登森林[5]，也是罗莎琳德[6]和奥兰

---

1 喀耳刻，希腊神话中古太阳赫利俄斯的女儿，善用魔药，并经常以此使她的敌人以及反抗她的人变成怪物。

2 莲花食者，《荷马史诗》中记载的一群以莲花为食物的岛民。

3 厄忒俄克勒斯，古希腊神话中俄狄浦斯的长子，因王位继承问题与其弟波吕涅克斯发生矛盾，并受到其父诅咒而死。

4 波吕涅克斯，古希腊神话中厄忒俄克勒斯的弟弟。

5 阿登森林，英国剧作家莎士比亚作品《皆大欢喜》中的森林名。

6 罗莎琳德，莎士比亚作品《皆大欢喜》的女主角。后被迫与其情人奥兰多流亡至阿登森林。

多；既是奥赛罗[1]，也是苔丝狄蒙娜；既是哈姆雷
特[2]，也是鬼魂和杀人犯国王；既是笼罩赫尔辛格[3]
城堡的薄雾，也是阿金库尔战役[4]中嗖嗖的箭声。
他是国王理查[5]，是李尔王[6]，是荒野。他代表了
所有的王者，也象征着所有的时代。如果有数以
万计荒芜的原野，那里狂风暴雨，遍布女巫的足
迹，那么他同时就是这数以万计的荒原。君主、
王子、恋人、忌妒者、吝啬鬼、浪子、悍妇、羔
羊、狮子、蛇，以及让许多部落沉睡的有毒的巨

1 奥赛罗，莎士比亚作品《奥赛罗》的主角，苔丝狄蒙娜是其妻子。
2 哈姆雷特，莎士比亚作品《哈姆雷特》的主角，是出身高贵的丹
麦王子，父亲的死亡和母亲改嫁使他变得绝望偏激。
3 赫尔辛格，丹麦西兰岛东赫尔辛格县的一个城市，《哈姆雷特》
的故事背景。
4 阿金库尔战役，1415 年 10 月 25 日发生于法国阿金库尔的战役，
是莎士比亚作品《亨利五世》故事发生的背景。
5 理查，莎士比亚作品《理查三世》中的人物，约克公爵，爱德华
王之子。
6 李尔王，莎士比亚作品《李尔王》中的国王，退位后被大女儿和
二女儿赶到荒郊野外。

番石榴树，这些依次组成了他的手臂、小腿、躯干和头部。风声、雨声、雷电和带有嘲讽色彩的铜管乐声，这些声音在表演落幕时随着尸体的清运，在他的脑中轰鸣、尖叫、呼喊。在海上，他就是海，是帆船，是帆。他滑行、摇晃、转动，他起身、直立、弯腰、登船、下沉、消失，直到桅杆顶端也被淹没。接着他又突然出现，浮现，重新起航。他离开浪峰，风驰电掣地出现在那儿。他飞了起来，像海鸥一样，迅速向前，猛烈拍打着翅膀，飞向飓风中心。他是丢失货物的商人，也是藏在门洞里的凶手。他坠入深渊，永远不得翻身。他把宴会的酒杯全都砸碎在墙壁上。他在几个小时内勒死了欺骗他的女人，可怕的是，这个女人要在他玩弄了无数次的手中死上千万次。与此同时，他轻轻地在污秽中翻寻，从中搜集耻辱、软弱和悔恨这些无与伦比的"宝藏"。他知道怎么把邋遢的女人甚至是包裹病伤手指的"指套玩偶"改造成杜尔西内娅[1]。他由许多杜尔西内娅组成，她们一个比一个漂亮。他被这些杜尔西内娅填满，并因此爆裂。他从头到脚都染上了朱红色。我们看到她们的脸，或者臀部，或者大腿、胯骨、胸部以及天真纯洁、清澈美丽的双眼，这样的景象每时每刻都能在戏剧、鬼魂、薄雾和其他的死亡之旅中出现。他享受这些杜尔西内娅，爱抚她们，占有她们，这比有史以来所拥有的财物要好上千万倍。他享受着血液和大风。总而言之，他已然沉醉其中。

当然，这令人深思！思考，并不是为了让马儿停下来，而是让我们快点，再快点。把刹车装置从轮子上拿下来。让我们狂跑、疾驰、飞奔，冲进这位主宰苦难和王国的巨人的火焰中。最终，我们摆脱了充满欺骗的悲惨生活。

---

1 杜尔西内娅，西班牙作家塞万提斯的《堂吉诃德》中一名身强力壮、性格泼辣的村妇。

现在，我们不妨来看看这个地区吧！这里有平原和山丘，有草地和葡萄园，有小麦，有田野，有流经葡萄园绿篱的河流，有从葡萄园一直曼延到顶峰的山陵，有在纵横交错的葡萄枝蔓中穿行的小路，有被葡萄园环绕的村庄和被葡萄园淹没的农场。小麦几乎无法在这里或那里铺成一片金色的水塘：整片土地都布满了厚重的绿色，几乎难以辨认冬青栎沾染污泥的叶子。有时能看到房屋的红色屋顶，看到巨大方形建筑的赤色檐壁，看到白墙上漆黑的窗口。一切都被葡萄园浓稠的绿色覆盖，这抹绿意沾染着波尔多液[1]的金属蓝。沿着小路，葡萄园分布的路径像扇面一样展开，露出片片金黄色的赭石土地，这片土地洒下过藤蔓的泪水，也升腾着热气腾腾、朝气蓬勃的汁液。不时可以看到一棵得到精心照看的柳树，

---

1 波尔多液，蓝色胶状悬浊液，一种杀菌剂，用于防治植物病害，因最早于法国波尔多地区使用而得名。

它的枝条会被折下来编成篮子；抑或看到合作社的三角形门楣，从那里弹出的回声使马车退向酒槽的墙角；再不然，就是看到一座如针一般纤细而发亮的钟楼。明净的天空将自己的脸庞贴在葡萄园的面颊上。在阳光的照耀下，在安宁的时光中，它们温柔地互相爱抚，就像两只温柔至极的神奇动物。葡萄园一直交错纵横、相辅相成；它们分布的路径像折扇一样无休止地展开，合上，再展开。它们覆盖平原，进入河谷，填满谷地，深入山谷最狭窄处。它们攀上山丘，在山顶蜿蜒，又从另一侧流出，漫延成静谧的海洋，波涛，浪花，潮汐，毗邻公海的村庄，海面上的金色帆船、双桅战船、瓦船、明亮的石灰船。这片汪洋无穷无尽，一直漫延到天涯海角。欢乐的渔船，戴着面具的祭司船队，身着蓝装的士兵，都在葡萄园之海的浪沫中尽情嬉戏。

小路交错重叠，但绝不会占用葡萄园一星半

点的地方。钟楼从原来纤细的外观变得方正而粗壮，上面饰以阿拉伯式的窗户，或展现山区的朴实无华，或表现傲然屹立之姿，仿佛预示着葡萄园的无边无际。面孔光洁的人跟着留着小胡子的人，蓄着大胡须的人也紧跟其后。人们止住歌声，滚动石头，女人们从金发到棕发，从粗壮到轻盈，从敦厚到灵活，从浮想联翩到情绪激动，从款款而行到翩翩起舞，从浅色的衬裙到火红的裙子，从帽子到头巾，从木屐到皮鞋，从轻快的歌声到粗野女人在紫色西番莲中的嘶哑呼唤。这仿佛成了葡萄园这位巨人格列佛[1]身上的小人国。到处都是葡萄园，它们交错纵横，覆盖了所有的土地，几乎无法从中腾出建造酒窖所需的矩形地块。陶醉和幻想是获得幸福的唯一工具。

人们无比清楚，这样的乡土不会止于海边，

---

1 格列佛，英国作家乔纳森·斯威夫特的长篇小说《格列佛游记》中的主人公。

而会延伸至广阔的远方。在这片海上，某一天流传起一个神秘的消息，说伟大的潘神[1]死了。世上所有的海洋中，都漂浮过、航行过圣人的石棺，但唯独这片海洋被铿锵有力的话语提及。地图上有一处地方未作标明，埃及、犹地亚[2]、非洲和普罗旺斯在那里交会。那里一定存在一个小小的漩涡，一个戈尔狄俄斯之结[3]，一处中心。

和所有人一样，我知道那个被愚蠢地称为蓝色海岸的地方。是哪位"经理"发明了这个称呼？如果认识他，我们会评价：他是个庸才。我们的地区一年四季都有巴黎人、比利时人、英国人、因纽特人，他们摩肩接踵，川流不息，一直

---

1 潘神，希腊神话里的牧神，掌管树林、田地和羊群。

2 犹地亚，位于巴勒斯坦地区中部。

3 戈尔狄俄斯之结，传说是亚历山大大帝在弗里吉亚首都戈尔迪乌姆时砍断的一个绳结，因没有绳头，现也隐喻用非常规的方法解决不可解决之问题。

奔向地中海。这股人潮宛如密西西比河，从路易斯安那州[1]溢出，带来沼泽、鳄鱼和海蟾蜍。在海边，人们像切金枪鱼一样，把蔚蓝的景致切成一块一块。在安特卫普市[2]、鲁贝市[3]、格拉斯哥市[4]，每个打字员无不梦想着能够在精心装扮后，大口品尝一下这样的景致。但她们一到那儿就会脱得精光。

这里与真正的乡土完全不同。在夏天的某段时间，它比芝加哥的屠宰场还要糟糕。我说的是四十公里长的距离，如果有一百多公里长，那人都被晒干了。真是一个出色的干肉饼工厂啊。我寻思它提供了一个什么样的捕捉者和食人者的世界。那里有少妇、老人、运动员、会计、工人、

1 路易斯安那州，美国的一个州，位于墨西哥湾沿岸。
2 安特卫普市，比利时北部的港口城市。
3 鲁贝市，法国北部城市，位于上法兰西大区诺尔省。
4 格拉斯哥市，英国苏格兰最大城市，位于苏格兰西部的克莱德河河口。

贵族和伟人；有乳房、臀部、圆皮垫、腰部和傍晚聚会。人们可以选择是否喜欢这些。这都是些什么食物啊！总而言之，都是动物的内脏。

然而，大地有土地神，就像酒鬼也有酒神。这些人自以为很健康，因为经常在阳光下暴晒，他们的肤色就像烤焦的面包。幸好，根本不是这么回事。他们来到这里，患上了癌症、痛风、结核病和浓浓的乡愁（这才是不治之症）。

农民们没有那么愚蠢。除了那些靠奶牛做黄油的干酪制造者，我并不知道还有谁会晒得这么黝黑。如果农民要在太阳下劳作（大部分时间他们都会避免），他们会戴上大帽子，穿好衬衫。他们费力地卷起衬衫袖子，以便行动更加自由，却小心翼翼地把胸部和腹部遮好。他们知道，这不是什么会被嘲笑的事。

在格拉斯[1]和德拉吉尼昂[2]之间，有几座风景秀丽的山丘。去年，我在那儿收获了欢声笑语。这欢笑更像是一包麝香，至今仍让我的生活充满芬芳。我看到了一个赤身裸体走来走去的女人，垂在她臀缝间的编织绳丝毫不能被视为某种遮羞之物。她是海滩上的叛逃者，也是蓝色海岸坚定的信仰者。她的表演非常粗俗，让人忍俊不禁，甚至笑到泪流满面。这个女人在田野里闲逛，把汽车和丈夫（至少是个男人）留在了路边的阴凉处，那个男人身材匀称，也同样赤裸着，躺在靠垫上呼呼大睡。相比之下，那辆奢华的汽车就显得朴素多了。

注意，虽说这些女人是赤身裸体的始作俑者，她们都长得不错，有的甚至非常漂亮。可笑的是，这种裸露与她们的愿望背道而驰。

---

1 格拉斯，法国东南部城市。

2 德拉吉尼昂，法国东南部城市。

不要忘记这种风气是最近才有的（我指的是在蓝色海岸裸着暴晒这件事；着装沐光的风俗则非常古老，但没有我们想象的那么重要）。也就在五十年前，一说起尼斯，就会提到温暖的冬天，人们在那里围着长围巾，撑着小阳伞。现在许多度假胜地大都曾是渔村，渔民们捕鱼的时候都很谨慎。墓地里的碑文上很少会写"因海难过世"。如果女人们身穿黑衣，那也是当地的习俗使然。

这个地中海小港只有一间小酒馆，条件十分艰苦。港口停泊着三四艘小帆船。风和日丽的时候，小船会出海一公里，航行的原则就是要确保陆地一直在渔民的视线范围之内。从没见过风暴或飓风的人，可以听听地中海水手的描述，后者虽然也从未见过这些，却能把它们很好地想象出来。

渔民捕的鱼不多，但会捕到珍稀的鱼类，尤

其是美丽的鱼：鲀鱼、岩鱼。若要食用它们，则需要先把鱼压碎，再用筛子过滤，鱼汤就是这样做好的。当然，我看过（先是在电影院，后来在海上）辛梅里安人[1]拿起拖网，把成吨的白鱼倒在甲板上，那场面让人叹为观止。我还见过另一幅同样精彩的画面，在我看来，它更突显了人的地位。比如，在卡西斯[2]的海湾边，一个孤独的渔夫驾着小船，从海里捞出一条又一条鲀鱼。每当他捞出一条，他就把鱼放在手上，注视着它们，就好像在注视着某笔巨大的财富。这确实是财富。

尤利西斯就是在这样的短暂停留中消磨了时间（珀涅罗珀[3]会说这是在浪费时间）。的确，这里能让人忘记一切。这里沿海地区的水手走路时不会左摇右晃。在陆地上，你无法把他们和农民

---

1 辛梅里安人，一支古老的印欧人种民族。

2 卡西斯，法国东南部小镇。

3 珀涅罗珀，希腊神话中尤利西斯之妻。

区分开。如果你和他们说起合恩角[1]，他们会哈哈
大笑。他们不理解"航行"这个词。你想让他们
去哪里呢？想让他们寻找什么呢？但他们对"生
存"这个词理解得很透彻。如果你对他们说起岛
屿，他们会想到勒旺岛[2]、圣玛格丽特岛[3]或者圣
奥诺拉岛[4]。如果你向他们说起更远的地方，他们
会回答你："对，科西嘉岛[5]，我去过那儿。"他
们是从马赛或尼斯坐客轮去的，还盛装打扮了一
番。在他们看来，图勒岛[6]就是意大利。"西方
世界的神秘边缘和热带海粼光闪闪的蔚蓝"，他

1 合恩角，智利火地群岛南端的陡峭岬角，位于南美洲最南端，有
"海上坟场"之称。
2 勒旺岛，地中海沿岸的法国小岛，位于土伦市附近的里维埃拉
海岸。
3 圣玛格丽特岛，法国岛屿，位于戛纳附近的海上。
4 圣奥诺拉岛，法国岛屿，靠近圣玛格丽特岛，这两个离岛曾是普
罗旺斯南部的宗教中心。
5 科西嘉岛，地中海西部的一座岛屿，也是法国的一个单一领土集
体及十八个大区之一。
6 图勒岛，古代欧洲传说中位于世界极北之地，通常被认为是一座
岛屿。最早由古希腊探险家毕提亚斯提及。

们对这些毫不在意，就像对待他们穿的第一件衬衫那样随意。在我住的地方（山区），一到起风的时候，我就知道鱼市关门了。如果碰到鱼贩子（他正和他的妻子一起散步），为了确认我的想法，我会问他鱼市是否关门了，他回答："这种天气，没人愿意开门！"

这片大地因万里晴空、气候宜人而享有盛名。然而，渔民一年有两百多天都不会出海。因为他们觉得，天气马上就会变得很糟糕。如果他们弄错了，犯错也不过是人之常情。"我不太会游泳，"一个经常去冰岛的布列塔尼人这样对我说，"我在水里扑腾，只能在水上浮一小会儿。"但从下面这句话又可以看出，其实他们精通游泳："把手放在头上，像交叉形的剪刀一样摆放双腿。"自从这里来了很多赤身裸体的女人之后，一些人甚至还会在跳台上摆弄造型。

布罗斯院长[1]讲述了在当地的一次海上航行。他在昂蒂布[2]上了一艘去热那亚[3]的小帆船。一过尼斯，他就晕船了。由于当时他们距离海岸只有一百米，他便说："让我下船，我要去骑马。"走过一两个驿站后，他恢复了精神。他等着稍稍落后的小帆船，朝它大声呼喊，接着又重新上船。行驶了一段距离后，他再次晕船，于是又下了船。如此循环往复，一直到了热那亚的郊区，船长对他说："嘿，我也要体验一下骑马。"两个人一起下了船，凯旋一般地进了城。"我从没见过如此高兴的水手。"院长说道。

当我们和普罗旺斯的水手交谈时，脑海里总会想起这个故事。这是一片与世隔绝的大海。那

---

1 夏尔·德·布罗斯（1709—1777），法国语言学家、历史学家和作家，勃艮第法院院长，著有《意大利书信录》。
2 昂蒂布，法国东南部城市，位于滨海阿尔卑斯省。
3 热那亚，意大利北部的港口城市，意大利第六大城市，历史悠久。

又有什么用呢？普罗旺斯的水手从不会犯傻。

若要领会这种超脱的态度，就得回到文明人到来之前的小港口，如圣特罗佩[1]、卡西斯等。显然，这在今天很难做到。在整个沿海地区，连一处与之类似的小港口都没有。一切都变成了以享乐为目的的戏剧和剧场。那些在跳板高处扮成阿波罗的可怜笨蛋——而不是在冰岛的海水中游泳——并不会引起人们的好感。需要明白的是，他们已经被殖民化了。他们所卖弄的，正是殖民者的罪行。

这些笨蛋其实是正直的人，他们一点也不复杂。他们像所有拉丁人一样热爱快乐，为了快乐愿意做任何事。（在我看来，这合乎情理，值得尊敬。）他们没那么迷恋金钱，只是靠金钱获得简单的快乐。总而言之，这就和在冰冷的海水中

---

1 圣特罗佩，法国东南部小镇，因其独特的山地和海岸风光而闻名。

捕捞鳕鱼一样令人愉快。

海上水手的产业化是非常容易的。这已经实现了。水手和流水线工人一样，成了工业的奴隶。工厂把沙丁鱼装进罐头，把鳕鱼装在桶里，把金枪鱼浸在油中。人们设计和制造出可以将乌贼肉和鲨鱼肉切成龙虾尾巴形状的机器。一张拖网的成本高达数百万法郎。捕鱼也需要大量的资金。无论是所有者还是出资者的债务人，人人都身陷现代金融的琐事中，彻底失去了午睡的权利。总而言之，这种靠金钱生活的方式很不美妙，很不明智，甚至很不合逻辑。我更喜欢那些一有一百法郎就去喝上一杯的渔民。

那些渔民是不可能加入工业化的行列的。他们坦承工作让他们心生恐惧。为了得到片刻的快乐，他们可以拼命干活。但如果要给储蓄银行[1]或法兰

---

1 储蓄银行，法国一家大型银行集团，成立于 1818 年，欧洲最古老的金融机构之一，在法国拥有约 5000 家分支机构。

西银行[1]工作，他们连小拇指都不愿动一下。

从这些性格中，我们可以了解到当地人过去在沿海小港口生活时的景象。首先，那里有松树林，没有别墅，没有私人财产，没有露营地，没有车库，没有厚厚的文件。人们可以一直在树林里漫步。路上没有汽车。此外，道路也没有铺柏油。无声无息，万籁俱寂。只有三种温柔而和谐的隆隆之音：海声、风声和寂静之声。

在卡西斯、邦多勒[2]、拉西奥塔[3]和圣特罗佩看到古宅，我们仍可以看到古老的门廊和古旧的大门，看到一座精致的钟楼、一块锻铁、一扇气窗、一块带有人像装饰的拱顶石，还会看到一种对精致的极度追求。我们应该想象得到，这种

1 法兰西银行，又称法国中央银行，于1800年由拿破仑·波拿巴建立，其最初目的是帮助法国经济摆脱大革命带来的萧条。

2 邦多勒，法国东南部城市，普罗旺斯最重要的葡萄酒产区之一。

3 拉西奥塔，法国东南部城市，曾在中世纪繁荣一时，也是世界电影业的摇篮，卢米埃尔兄弟的第二故乡，其早期影片均拍摄于此地。

对精致的追求主宰着、统治着所有房屋。这和建筑师、建筑学派甚至今天我们所定义的艺术毫不相关。不要忘记我们面对的是什么样的享乐者。这些享乐者很快就会热衷于对乐趣的不断寻觅。住在一个精准规划的房子里就是一种乐趣，而享乐者绝不会忽视这种乐趣。精准的规划，合理的理由，所有的小窗户都透不进阳光。对快乐的热爱让他们明白：阳光就是敌人。室内，凉爽的房间，柔和的昏暗；室外，七彩的石灰墙阻隔了阳光的靠近。然而，正因为这些当地人是古老文明的后裔，而这种古老文明又创造了所有的神、所有的美德和所有的滔天罪行，所以他们让人在石门上刻出月桂花环，还请人锻造叶板状的窗户栅栏。

我们还应该想象时间，想象时间拥有者所静

止的时间。甚至在沃康松[1]之后，人们仍然使用日晷，这件仪器巧妙地经历了质疑、解析、讨论和废弃，它的完美之处正在于它的缄默无言，只有受到质询时它才会开口说话。

港口普遍都不深，非常避风。地中海渔港的避风处堪称奇迹。我们在此可以发现一个最根本的原因，那就是渔民希望远离所有的忧虑。港口就这样避开了当地五年一次的横风。海滨大道通常用圆卵石铺砌而成，走在上面很不舒服，但雨水的洗礼和阳光的浸润让它们呈现出珍珠般的色泽。希望俘获人心的管理者，或想要哗众取宠的市政官员，他们在桑树、梧桐树或椴树下安放了一块块巨大的六面体软石，用来当作长椅。这长椅是普罗旺斯文明中最珍贵的物件。这种或者这些长椅——取决于人口的规模——摆在地中海的

---

1 雅克·德·沃康松（1709—1782），法国发明家与艺术家，自动机的发明者。

港口，就像开在伦敦的俱乐部一样。

有时，面向港口的房屋会配有非常舒适的阳台。在那里，人们可以观察天气或者参加聚会。这些聚会总是非常简单，然而数量众多，每一场都会持续至少三天：一天用来准备，一天用来欢笑，还有一天用来休息。过渡的艺术在这样的细微处体现得淋漓尽致。其余时间，阳台则用来晾晒洗好的衣物。

日常生活一半是沉思，一半是谈话。有时候，只要把这两部分的两端各截去一些，就能让人们充满激情。在一些特别需要男子气概的日子里，由于内部或外部的挑战——可怜的人性永远无法逃脱这些挑战，沉思、交谈和激情全都让位给了劳作。

一整天，有时是整整两天，当地人将自己的命运托付给了大海。周围所有的丘陵、山峰和神林里，都建了礼拜堂、巨型十字架和圣母雕像。

无论是在陆地还是在海上，所有人都会将忧虑的目光投向这些守护之物。船员都是自己的朋友或家人，他们会在晚上带回几条鱼和许多故事。地中海所有的怪物都源自这些故事。这就是为何这片海域会出现美人鱼和海马的原因。

渔民用小型渔网或鱼线捕鱼。如果渔网或鱼线在某处被钩住，那么肯定是被某个怪物钩住的。船很小，最多能容纳三个人。然而，三个人也并不能让彼此放松下来。与神秘的事物接触五六个小时——特别是在什么都看不到的情况下——可以激发创造力。这些人很难想象，自己忍受这些精神上的折磨（对于天性乐观的人来说，这确实是真正的折磨），仅仅是为了带回几公斤的鱼汤。其实带回一只怪物更合乎逻辑。以文字和故事的方式把怪物带回来，要比把它们的血肉之躯带回来更容易。这就是为什么普罗旺斯的海上传说要比鱼市的摊位还要多。

如果我们对此不屑一顾，那就错了。如果我们觉得这样抓捕怪物毫无意义，那么我们就不懂生活，尤其是不懂生活的乐趣。尽管有沉思、交谈、激情、聚会和劳作，但每天都有二十四个小时，静止不动的二十四个小时是很漫长的。况且，做英雄总是令人愉悦的，这是一种乐趣。失去这样的乐趣，或者明明可以轻而易举地得到它，却非要付出巨大的代价，这样做又有什么意义呢？

天空始终一碧如洗，桑树的树荫，长椅，静止的时间，来自非洲的一丝热风，从阿尔卑斯山吹来的清新空气：陆地上有关在海上抓捕怪物的故事变成了一种恩赐。健康的美味佳肴造就了强壮者的肌肉和鲜血。这身肌肉，这股鲜血，它们都应该发挥作用。让肌肉和血液在一篇构思精巧的故事中发挥作用是何等的乐事！女人们都很美丽，她们从不下海。引发女人的恐惧是让人乐此不疲的趣味。所以，这些强壮的男人上了年纪后还能像月桂树一样常青。房屋、树林、大海、山丘、洒满阳光的天空，它们都显现出珍珠般的光泽。没有什么比这些地区的灰色更为奇妙的了，然而这里却因盲目从流，因其色彩的强烈而徒有虚名。没有什么比地中海居民的灰色更为奇妙的了。谈论谎言和慵懒很容易。正是这种谎言和这份慵懒照亮了世界的其他角落。

当天上的云朵初次成形时，正是在这里，我们用人类的语言给云朵的形状起了名字。正是从这里开始，我们才能相互传递承载这一形状的词语。

早在第二次世界大战之前，当"齐柏林伯爵号"飞艇[1]环游世界时，它从航程中带回了一些惊人的照片。照片拍摄的是勒拿河[2]沿岸无法穿越的

---

1 "齐柏林伯爵号"飞艇，德国载客硬式飞艇，史上最成功的飞艇之一，提供了首个跨越大西洋的商业客运航班服务。
2 勒拿河，俄罗斯境内河流，流入北冰洋的三大西伯利亚河流之一。

冻原,可以在当时的《国家地理》[1]杂志上看到这些照片。人们震惊于一望无际的孤独和大地深深的敌意。他们突然清楚地感知到,活着,仅仅是活着,绝不是易事,并不是每个人都能做到的。在勒拿河的两岸和无法踏足的森林边缘,人们看到满是淤泥的河岸在冰冷的雨水中闪闪发光。在这片淤泥中坐落着一处林中小村落。生活在这样的林中小村落中需要英雄般的勇气,人类在这里宛如善于掘地和滚动球状物的神灵,如同屎壳郎一般。

奥克尼群岛[2]北部的一些岛屿也经常遭受强风的侵袭。如果要种植土豆,就必须把它们种在两米深的坑洞里。在土地表面,土豆一旦发芽,胚

1《国家地理》,美国国家地理学会的官方杂志,创刊于1888年,杂志的内容包括地理、科普、历史、文化、纪实、摄影等。
2 奥克尼群岛,英国苏格兰东北部的群岛,由70个左右的岛屿组成。

芽就会被咆哮的飓风刮出来。《航海指南》[1]第389卷是这样描述南乔治亚岛[2]的："它（南乔治亚岛）承受着强风的吹袭，这股强风来自遍布浮冰的海域。因此，岛上的气候非常恶劣，厚重的云层压得很低，每天都暗无天日，没有一天不是如此。几百年来，这里一直很潮湿。"再往下翻三页，便会看到爱德华七世湾[3]的港口。我们在那里可以瞧见一些住房和商店，还有一家医院和一座洁白的小教堂。相信我，我们可以在那个地方找到一位法官、一些油和少量的食物。《航海指南》补充道："法官的住所在霍普角[4]和爱德华国

1《航海指南》，法国海军水文和海洋学服务处出版的官方文件，供管辖范围内海域和港口的航海员使用。

2 南乔治亚岛，位于南大西洋，为英国海外领土南乔治亚和南桑威奇群岛的一部分。

3 爱德华七世湾，南极洲的海湾，位于南乔治亚岛的昆伯兰东湾西部，以英国国王爱德华七世命名。

4 霍普角，南极洲海岬，位于爱德华七世湾入口的北侧。

王角[1]之间，那里飘着一面国旗。"

这才是重视人类的举动。而当我们重视人类时，蠢事便开始了。

1953年

---

1 爱德华国王角，南极洲的半岛，位于南乔治亚岛东北岸的昆伯兰东湾。

知无止境

知无止境：我忘记的正是这种圆柄黄连木[1]的香味，一到秋季，它便显得很突出。以前，每当夜幕初降之时，我从未听到过羊儿的铃铛声。骤然间，它从天际走进了我的心房。这也是日臻完美的心灵。

不过，对于这片乡土，我不会无缘无故地爱上它！我在这里出生，这纯属巧合。我母亲是巴

---

1 圆柄黄连木，漆树科黄连木属植物，分布于地中海和沙特阿拉伯，常被称为笃耨香，但后者原产于柬埔寨，两者不是同一种植物。

黎人，祖籍庇卡底[1]。我父亲是皮埃蒙特[2]人。在我处于需要阅读诗歌以理解世界的年纪时，有人向我推荐了《权威》[3]。这个人是农业促进会的唱诗班成员，他头戴大帽子，留着山羊胡，在宝座和祭台边上表现得奴性十足，举止夸张，虚伪做作，自命不凡。然而，我很腼腆。在行吟诗人击鼓打发时间的地方，我想听一听孤独的呻吟。

如果我故乡的真正传统就是在阿尔勒的大街上戴上面具狂欢，就是说一些自吹自擂、拼命想得到反响的话，那我情愿做个萨摩耶人[4]。如果我的嘴里只是吐出这些莫名其妙的话，让年迈的公证员瞠目结舌，让聪明的天才恼怒不已，那么我应该学点中文，这样就可以用中文来表达自己。

---

1 庇卡底，又译皮卡弟，法国一个旧大区。

2 皮埃蒙特，意大利西北部的一个大区。

3《权威》，也译作《圣座隆重宣言》(拉丁语为 ex cathedra，意思是"来自宝座"，用来标示教宗对全世界行训诲职责的正式观点)。

4 萨摩耶人，俄罗斯西伯利亚的一个民族。

但是，除了这些矫揉造作，不加修饰的美丽也栖息于此高地。这种地方，不需要去拉饲料，不需要去笼络市政府官员，不需要颁发勋章，不需要为雕像奠基，不需要主持宴会，也不需要去引诱女性。这种地方，桂冠诗人不会踏入。在其创作的所谓史诗中，激情嘲笑着他的煽情。诗歌里流露出高高在上的风格，可能会让狂欢节上的骑士从马上跌落下来。

因此，我脚踏实地、小心翼翼地展开冒险。首先，我邂逅的不是嘈杂，而是宁静；不是闲聊，而是安静；不是运动，而是静止；不是大笑，而是微笑。微笑，肯定需要表现出来，而微笑的原因却从来无从知晓。真是奇妙！阳光让这种奇妙变得难以捉摸。

这个人能够洞察入微。他知道你希望一切都大白于天下。他隐身在阳光里。如果你无欲无求，你便会拥有自己想要的东西。重要的是什么？这需要几百年的光阴才能弄清楚。在荒无人烟的高原上，你把他的身影看成了树。当他离你远去时，他又变成了树。从他身上知道的事情，就是你走在路上时，从路边的一棵树上可能知道的事情。

几个村庄紧紧贴在悬崖上，好似蜂巢一般。当你靠近时，嗡嗡声便消失了。一只公鸡打起鸣来，人们也听到阵阵风声。情况就是这样的。可能会出现一名黑人女子。

从这个村庄到下一个村庄，要计算一下路程，不是用公里而是用里格[1]计数。道路就是痕迹，但究竟是什么样的痕迹呢？我们听到人们悄无声息地来来往往。夏天炙热无比，除了这些交通要道，到处都是明晃晃的一片。一切都让人心存疑虑，尤其让人怀疑我们是否处在进步的时代。我们还是像希腊人一样思考。

---

1 里格，欧洲和拉丁美洲的古老长度单位，指步行一小时的距离。

这是过度的本质，我们曾尝试用短笛、长鼓、圣杯、圣星等加以表达。这是普罗米修斯的过度，更加是俄狄浦斯的过度，是神灵们直到死去才会接受的过度。更何况是汽车修理工、旅馆老板、旅游行业协会会员、操心当地经济的市政府官员和旅游专员。

幸运的是，道路都很通畅。人群都在更低的地方。在火车可以双向运行的年代，这里的列车总是单向运行的。

这是我第一次以"普罗旺斯"作为总标题把多篇文章汇集在一起。这些文章写于我认知的某些阶段，写于我对这片未知乡土逐渐深入了解的过程之中。

我曾经是专业的观察家。有家银行让我去销售证券，于是我便在方圆百里内兜售。有位同事把我送到破旧的B14公路边上，这对于旅行很好，对于个人交际则很糟糕。然而，如果没有个人交际，就无法推销证券。我发明了一种方法。我很快意识到这种方法非常行之有效。而且，我是唯一能够使用这一方法的人。效果不错，我终于不受打扰了，重拾宁静。

这种方法可以把我尽早地送到橡树林、高原荒漠和偏远僻静处。我和同事约好了晚上碰头的时间和路口，我不得不直面自己悲伤的命运。

从那时起，我的命运不再悲伤。起先是一只乌鸫，或是狐狸的叫声，是一朵鲜花，是一阵风，是声音的气息，然后是相遇。

有位年迈的玛丽小姐。她住在一处类似鹰巢的地方，俯视着孤寂的百里大地。她很瘦，面容粗糙，但很有钱，是百万富翁（1920年）。有人早就料到了：准确地说，是布里尼奥勒大巴车司机还有其他几个人早就料到了。有一次，她在路上被几个特地从马赛赶来的小混混袭击了。还有一次，她在自己的屋子里经历了某种包围战：一个所谓的"商务代表"在几位朋友的陪同下来抢东西，她豁了出去，朝他开了几枪。他急忙放下东西。他们没想到，以为她的枪只是把普通的蹩脚步枪。这是一把加强了上弹装置的布顿快枪，可以把一颗三十二克的小子弹发射到一公里之外。除了睡觉的时候，她和枪始终形影不离。她穿着衣服睡觉，一从床上跳起来，便能操起步枪射击。这是她煮咖啡的时候也背在身上的武器。

在村庄的另一头（如果我们可以把这个混杂着遗迹、铁线莲、荆棘和荨麻的地方称为村庄的话），巴蒂斯坦……是二号居民，他也背着枪煮咖啡。我知道，出于对比的需要，这武器最好就是一把猎枪。哎呀，不是的！这是一把温切斯特杠杆式步枪，可以连发，射速很快，气动冷却，配有瞄准器。对我们来说，这两把枪究竟是如何购得的，那就是另外一则故事了。

玛丽小姐和巴蒂斯坦的内心远不止憎恨：他们

的内心充满极端的仇恨。他们相信自己的仇恨，正如别人相信上帝一般。武器就是他们的圣牌。

这两位大家族的末代后裔，是两万公顷荒凉之地上唯一"会思考的芦苇"。他们在绝对的孤独中耕种着广袤的块菰[1]地。别人猜测他们拥有的百万财产，我不仅见过，而且还拿过、点过。这便是刚才我为何说自己是专业观察家的原因。我第一次去玛丽小姐家时，她用布顿快枪指着我，她已经习惯这样指着每个人。因此，我才被允许拿钱，世上总有变通的办法。对心理过失或风格过失进行处罚，这完全不同于蒂博代[2]先生的文章（是的，我说的正是蒂博代）。

我也拿过巴蒂斯坦先生的百万巨款……他和玛丽小姐一样有钱。让我们来解释一下。正如利

1 块菰，即松露，正名"黑孢块菌"，又称"块菌""块菰"等。普罗旺斯是全球最重要的黑松露产区之一。
2 阿尔贝·蒂博代（1874—1936），法国文学批评家，其文字以宽容、稳妥和亲切而享誉。

氏词典[1]所言：拿，就是带着渴望知道的想法用手触摸。我在这群猛人中间推销有"国家保障"的证券，这太傻了。这样的保障远不足以吸引与国王相伴的人。他们拿着一把可以呼呼作响的温切斯特连发步枪或是加强版布顿快枪，与国王一起在他的王家领地里散步。

但是，从他们的窗户里，透过他们的孤独，我分明看到了小城堡的浪漫塔楼，看到了自己交织缠绕的未来之路，看到了自己业已铺开的探索之道，乐趣丛生。

1957年

---

1 指由法国哲学家、词典编纂家埃米尔·利特雷（1801—1881）所编的著名词典《法语词典》。

下阿尔卑斯省[1]

下阿尔卑斯省既千差万别，又均衡统一。它由地处高海拔与中海拔的山地和丘陵组成，从阿尔卑斯山向罗纳河河谷和大海延伸，地貌结构紧凑。这里没有所谓的平原。波涛澎湃的河流既浇灌作物又泛滥成灾，沿途只有大地承载着果园与农田。

在这些河流中位居首位且最为高贵的，当属迪

---

1 下阿尔卑斯省，1970 年以后改称上普罗旺斯阿尔卑斯省，是法国普罗旺斯－阿尔卑斯－蓝色海岸大区的一个省份，位于法国东南方，其省会为迪涅莱班。

朗斯河。它在蓬蒂[1]流入下阿尔卑斯省，靠近萨维讷[2]。它向北流经瓦莱尔讷[3]之后，便折向西南，奔腾咆哮着穿越锡斯特龙的两块巨岩，然后在最肥沃的谷地里奔流七十公里。诗人们把这片谷地称为"肾"。严格意义上说，这些诗人都是靠放牧为生的农民。每年夏天的复活节，他们都会杀羊取肾，因为羊肾是羊身上最美味的部分。每每抒发情怀的时候，他们就会想起这一点。迪朗斯河在塑造了这片谷地后，穿过了一个小平原。这个平原在马诺斯克的最宽处有四公里长。在农业的黄金时代，这个地方遍地是果园。春天具有一种无与伦比的情感。在伟大的农业时代——就像现在一样——这里到处都有用于种植土豆的拖拉机。在某些市场，特别是在尼斯市场，可以看到这样的标签：马诺斯克土

---

1 蓬蒂，法国上普罗旺斯阿尔卑斯省的一个市镇。

2 萨维讷，全称萨维讷勒拉克，是法国上普罗旺斯阿尔卑斯省的一个市镇。

3 瓦莱尔讷，法国上普罗旺斯阿尔卑斯省的一个市镇。

豆。春天只有通过田地里的新鲜条纹才能与其他季节区分开来。过了马诺斯克，仿佛经过了一番思考后，迪朗斯河微微折向西边，继续奔流向前。离开了下阿尔卑斯省，它欣然来到米拉博[1]的浪漫天地。那里长着最后的白桦树，最后的意大利白杨树，最后的普桑[2]式景观。它们无论在时间上还是在空间上，都属于最后。

过了蓬蒂不久，仿佛对新的省份感觉不适应，迪朗斯河绕了一小圈后又回到了源头上的阿尔卑斯地区。当它流回下阿尔卑斯，下阿尔卑斯立刻给它增加了一条支流：于拜河。这仿佛是为了平息它的忧虑，为了安抚它。于拜河谷朴实无华，被称为"典型的河谷"。如果非得说一说下阿尔卑斯男男女女的性格（这也是我马上要做

---

1 米拉博，法国上普罗旺斯阿尔卑斯省的一个市镇。

2 尼古拉斯·普桑（1594—1665），法国巴洛克时期的重要画家，但属于古典主义画派，代表作有《阿卡迪亚的牧人》《摩西的发现》。

的），那我会以最隐秘的方式将其从本质上与于拜河谷做个比较。清澈的涓涓细流历经千难万阻，在崇山峻岭中开辟出条条道路。适合耕种的土地极少。水与石总是针锋相对，并且永不停歇。河床上充斥着它们兵戎相见后哀婉悲壮的遗物与残骸。通常，道路是通往矿藏的通道，处在幽暗与寂静的深处。但是，一旦山的棱角被磨平，一旦高山有柔性，一旦三立方米的淤泥能够在一处小小的弯道中悄悄沉淀下来，那就会有一棵鲜花盛开的苹果树，一片铺满雏菊的草地，一只站在木桩上的山羊，一栋摆满天竺葵的小屋，抑或是一处令人仰望的农场，在里面做维护的都是些勇敢的人。巴瑟洛内特市[1]就位于山谷的尽头，宛如山毛榉树冠里挂在强壮而柔软的枝头上的果实。

过了于拜河，迪朗斯河在同侧又汇入了来自

---

1 巴瑟洛内特市，法国上普罗旺斯阿尔卑斯省一个区域性的中心城市。

圣蓬斯的布朗什河[1]。河中依然乱石嶙峋，浪花层层。河畔种有果园，如果以形而上学的眼光来看，这些果园的最高品质在于会让人"肃然起敬"。

过了布朗什河，就是来自巴永的萨斯河[2]，流经克拉芒桑、尼布莱、沙托福尔[3]、瓦莱尔讷、奥尔良[4]、博让西、克莱里圣母院[5]、旺多姆[6]（旺多姆啊！）。这些地名是思想的表达。一些村庄类似老黄蜂的老窝，它们的名字都来自十分古老的沟渠。也许在某个冬日的夜晚，一名男子在高高的荒野中游荡后，终于摆脱了恐惧。这时，几栋

---

1 布朗什河，罗讷河经迪朗斯河的次级支流。

2 萨斯河，迪朗斯河中游的左侧支流，因此也是罗讷河的次级支流。

3 克拉芒桑、尼布莱、沙托福尔均为法国上普罗旺斯阿尔卑斯省的市镇。

4 奥尔良，法国中北部城市，位于中央－卢瓦尔河谷大区卢瓦雷省，法国艺术与历史名城，始建于高卢时期，中世纪长期为法兰西皇室领地。

5 此处指克莱里圣母院所在的克莱里－圣安德烈，它是法国卢瓦雷省的一个市镇。

6 旺多姆，法国中部城市，位于中央－卢瓦尔河谷大区卢瓦－谢尔省，也是历史名城，中世纪时曾为行政中心。

房子进入了他的眼帘，其外观足以让身处原子时代的我们感到震惊。他的内心发出呼喊：巴永，克拉芒桑，尼布莱，沙托福尔，瓦莱尔讷！它们曾是生命与生存的希望。

迪朗斯河在流经锡斯特龙时，在其右侧汇入了比埃什河[1]。河里有鳟鱼游弋，河畔有灯芯草摇曳，这条河是吕斯拉克鲁瓦欧特、费朗、加尔纳斯耶等群山的主人。比埃什河在距迪朗斯河一公里处之前的地方，都像个山里人一样，小心谨慎地待在德龙省，那里有它的所爱：一小片黑土地和安宁。如果它有肩负的重任，那么我觉得就是在一栋漂亮房子的露台旁流淌。与之前的建筑相比，这是一座充满生活乐趣的宫殿。人们虽未精力不济，却厌倦了争斗。现代便是这样应运而生的。

过了锡斯特龙，还是在迪朗斯河的右侧，迎来

---

1 比埃什河，法国东南部的一条河流，属于迪朗斯河的右支流，河口在锡斯特龙。

了温和的雅布隆河[1]。潺潺流水在鹿尔山的北侧笔直地流淌，穿越片片柳林和一片中世纪的大地。

我说的不是万松河[2]，它从左侧汇入，海拔更低些。它从奥通[3]过来，甚至是从菲萨尔[4]过来，也就是说，它来自世界尽头。奥通是一处森林宅院，万松河却在绝壁的千尺之下。虽是涓涓细流，却神秘莫测。它在常人难以企及的地方，用自己的斗量之水浇灌着远古时代的奇迹。

我们来到了下阿尔卑斯省的中心。这里有家化工厂。在其对面流淌的布莱奥讷河[5]是一条疲惫的大动脉，但它在高处非常美丽。比如在马尔库[6]，它在孤独中演奏出军团行军曲般的乐声。布

---

1 雅布隆河，法国南方的一条河流，是迪朗斯河的支流。

2 万松河，法国南部的一条河流，是迪朗斯河的左支流。

3 奥通，法国上普罗旺斯阿尔卑斯省的一个市镇。

4 菲萨尔，奥通的一个古代村庄。

5 布莱奥讷河，法国东南部的一条河流。

6 马尔库，法国上普罗旺斯阿尔卑斯省的一个市镇。

莱奥讷河就像橡树林园,血统高贵,只有在生产金钱和权力的世纪里,它的存在才是错误的。过了马尔库,布莱奥讷河又流经迪涅[1]。注意不要混淆:马尔库宛如老黄蜂的老巢,而迪涅是省会。省会周围的景观朴素而庄重。

经过布莱奥讷河,经过佩吕果园,阿斯河[2]自阿洛斯山口奔流而下,高山白雪,狂风呼啸。它穿越充满苦难与限制的大地,随后汇入迪朗斯河。伴随着它的潺潺细流,世界变得很小,却未失去幸福的可能性。小田地、小草地、小村庄、小果园。生命像阳光下嬉戏的小狗,滚作一团。村庄都是成双成对的:这儿是高地的村庄,那儿是低地的村庄。高地的村庄已经荒弃。低地的村庄则靠近河流,只要大家认为道路不会带来危

---

1 迪涅,全名迪涅莱班,法国东南部城市,上普罗旺斯阿尔卑斯省的省会,于罗马-高卢时期建城,并长期为这一地区的行政中心。该市以其境内的温泉和高山森林景观而闻名,被评为"三星级"花园城市。
2 阿斯河,法国东南部的一条河流,河道全长75.4公里。

险，便在路旁的淤泥上逐渐安顿缓缓发展。偶尔有位老太太，聋哑也好聪明也罢，她独自一人生活在高地的村庄里。

迪朗斯河穿过马诺斯克，流过土豆田，直到改道离开下阿尔卑斯省，才迎来了韦尔东河[1]。韦尔东河是迪朗斯河所有支流中最长的一条，同样源自阿洛斯山口。它的流向一度与阿斯河的流向平行。它来自远方，其源头几乎快到巴瑟洛内特了。与比埃什河相比，韦尔东河更华贵、更威严、更具意式风范，它穿越了但丁[2]所描绘的风景。它犹如一只看护维罗纳[3]和维琴察[4]的大狗，又

---

1 韦尔东河，法国东南部的河流，以其流经的峡谷而闻名，源自上普罗旺斯阿尔卑斯省。

2 但丁·阿利吉耶里（1265—1321），意大利中世纪诗人，意大利语的奠基者，曾在普罗旺斯的莱博小镇获得灵感，写下《神曲》。

3 维罗纳，意大利北部历史名城，于2000年被联合国教科文组织列入《世界遗产名录》。莎士比亚的名作《罗密欧与朱丽叶》便以此城为背景，有"爱之都"之称。

4 维琴察，意大利北部历史城市，于1994年被联合国教科文组织列入《世界遗产名录》。

是一位地下王者。它深陷绿色的幽暗之中，让人心生恐惧。它三分之二的流域都是荒芜的河畔。孤独的原始人，那些用打磨过的火石和红色头骨堆砌栖息之所的原始人，只有他们才敢于住进河岸边的洞穴里。

所以，这些山谷就像城里乡间挂满粉色小樱桃的枝头。山谷的两侧，人口越来越少，海拔高达两千九百米。在下阿尔卑斯省，最高的地方是白茫茫的荒漠，其余则是无比美丽的旷野，漫山遍野长满了薰衣草，承载着寂静与安宁。山毛榉无穷无尽，天空一碧如洗，在夏日暑气的蒸腾下，下阿尔卑斯省白得宛如一张愤怒的脸庞。

1955年

04[1]省

"04"，这是一片真实的土地，是法国的一个省，下阿尔卑斯省。我们并不是要清点它泳池的数量，我们只是想展示它的美。

首先，我们意识到下阿尔卑斯省的海拔并没有那么低。它带有普罗旺斯的辉煌，同时兼具山区的庄重。它的河谷、山丘和高原都具备这种双重特性，而且已将这种双重性融入了自己的

---

1 04 为下阿尔卑斯省的编号。

灵魂。

流水众多，从源头汩汩涌出。这条河曾经是最专横独行也是最神圣不可侵犯的。这就是最美丽的河流韦尔东河。它发源于高山牧场间的低凹处。

首先，它以最朴实的姿态流淌世间，宛如一条游蛇。

从展示第一处肌肉起，它就立刻显现出英雄般的步态。

它是一名战士。

它在阿尔卑斯山的阶梯上大步跳跃。

它在崇山峻岭中开山辟路。

它是地下之王。

它深入可怖的幽暗绿色之中。

它是奔驰的骏马。它奔腾着穿过但丁笔下的景色。

最终，在平坦的土地上，它和迪朗斯河相

遇，因为灯芯草丛的阻挡，渐趋平静。

　　成群的乌鸦在追寻孤独僻静和广阔无垠的空间。

　　寂静在这片高原扎根。

　　我们生出一种在中心保持不动却能神游万里的奇妙感觉。

　　一排排树木像车队一样，等我们经过后，它们再次踏上旅程，渐行渐远，直到消失。

　　几只皮糙肉厚的动物行动迟缓，第一次近距离地注视我们。

　　薰衣草的深紫色遍布连绵起伏的大地。

　　在广阔无垠的大海上，我们幻想能看见海王星升起。

　　拉丁人的帆船再也无法穿越这些潮起潮落的大海。

　　阿卡迪亚是幸福的。

在蜜蜂的嗡嗡声中……

流淌着蜂蜜……

风儿甚至吹走了……

玄妙的云彩。

村镇的建设没有预先规划，完全是凭直觉所建。就像胡蜂的巢穴，一个蜂巢紧挨着另一个蜂巢，农场也是一个紧挨着一个，房屋也是一座紧挨着一座。其间还有围墙、边门和吊桥，或为了防御，或为了美观。

城市分布在交叉路口、河流交汇处以及那些宽阔的河谷处。

还有几处偏僻的教堂……几座偏远的桥。

熟悉情况的人都逃到了岛上避难。

其他人则像传说中的岩石一样留在原地……

……或者像傲慢的老宅一样，保持吹嘘的姿态……

……城堡的塔尖……

……这些城堡俯瞰着远处的大地和分岔的河流。

万物的智慧在这片土地上生根发芽。

隐藏在白色岩石后的波伏瓦圣母院[1]……

……坐落在雏菊丛里的田野圣母院[2]……

……守护山丘的雷亚讷镇[3]……

……像狐狸一样缩成一团的圣马丁德布罗姆镇[4]……

……位于布劳赛良德森林[5]的吕尔圣母院[6]……

---

1 波伏瓦圣母院，位于法国上普罗旺斯阿尔卑斯省的穆斯捷－圣玛丽市镇。

2 田野圣母院，位于法国上普罗旺斯阿尔卑斯省的瑟龙内市镇，始建于1902年。

3 雷亚讷镇，法国上普罗旺斯阿尔卑斯省的一个市镇。

4 圣马丁德布罗姆镇，法国上普罗旺斯阿尔卑斯省的一个市镇。

5 布劳赛良德森林，法国布列塔尼地区的森林，常出现在与亚瑟王有关的传说故事中，在中世纪的欧洲想象中为神奇与神秘之地。

6 吕尔圣母院，建于12世纪的古修道院，位于上普罗旺斯阿尔卑斯省圣艾蒂安－莱索尔格市镇的吕尔山的森林中。

……在广场上为圆桌骑士[1]加冕的迪涅圣母堡大教堂[2]……

……历史的宝库……

……以及源泉……

在这里，生活真实而合理。在我们这个充满喧嚣和愤怒的时代里，宁静成了最大的奢侈。

羊群伴着铃铛声悠然穿过僻静的荒野。漫山遍野都可以听到这声响。牧羊人绝不会被机器取代。

这份世界上最古老的职业，正是人类所能胜任的。

羔羊在光影中穿梭，惊奇于每一种气味和光影的流逝。

---

1 圆桌骑士，或圆桌武士，中世纪传说中亚瑟王朝廷内最高等的骑士，他们听从亚瑟王的命令，以保卫王国和平为己任。

2 迪涅圣母堡大教堂，位于法国上普罗旺斯阿尔卑斯省的迪涅莱班市镇，为当地标志性建筑。

秋日铁锈般的色彩定格了整个大区。枫树的棕红，白杨的金黄，落叶松的银白，它们在天际的墙壁上铺开秋日雍容华贵的挂毯……

……还有充满神秘色彩的族谱。

清晨霜冻。

冰粒儿像白盐撒在草丛，使水面变得平整。

忧郁的黄昏无精打采。

冬天继而像夜幕一样降临。

母鸡和人们，老鼠和人群，都纷纷归家。

村民们闭门不出。

严寒统领了一切。

白雪和喜悦的盛大狂欢开始了。

我们与原始之风，与阳光、天空和宇宙嬉戏。

神灵匆匆而过，只留下身后的一溜烟。

……或者，我们乘着某种梦想离开，追求纯

洁、空间和守则。我们远离人群。

我们上升到宁静的高空。寂静变得更加完美。

孤独也更加完美。

我们将远离文明和共性，深入内心找寻自己。

因此，一切尽在标题里这个简单的数字中。财富的名册永远都写不完。我们仅仅是找到了路的起点。想进入幸福之地的人，总会找到敞开的大门。

1968年

从马诺斯克到巴尔热蒙[1]的旅程

　　仅仅在二十年前，马诺斯克的美景还存有三分之二。若想一睹它全部的美貌，则要回到1914年之前。那时的马诺斯克既是一处偌大农场，又是一座荒野之城。当年的情景至今历历在目。那时，马诺斯克有羊群、马匹和马车，每天清晨，城门大开，车夫驾驶着马车和牧羊人依次走进山谷。那时，小城的安全全权委托给住在圣潘克拉斯山上的隐士。当风暴自西而来时（唯有这个方

---

1 巴尔热蒙，法国普罗旺斯－阿尔卑斯－蓝色海岸大区瓦尔省的一个市镇。

向的风暴才是危险的），他就开始敲钟。于是便能看见各种牲口套车和羊群在狂奔。需要补充的是，当时小城周围长满了百年榆树，众多夜莺栖息其上。小城广场和十字路口坐落着好几处普热[1]风格的喷泉，正在向边上的池子喷水。

一切都消失殆尽。现在的马诺斯克不过是一堆傲慢、狰狞、脆弱的廉租房。现代人的渺小思维里只有现代主义。他们成功地把建筑变成了喜剧元素。值得一提的优秀建筑并不多见。穿过中学和卫生状况不佳的城中区、居民区，在某些街区漫步成了开心一刻。这些场所充斥着幽默感，所用建材质量很差。幸好如此，这样二十年以后只有它们的遗迹可供参观。不过，圣索维尔和圣母院两座教堂仍保留着往昔的宏伟气势；至于索

---

1 皮埃尔·普热（1620—1694），法国著名雕塑家、制图师、画家和建筑师，巴洛克艺术的引导者，法国古典主义雕塑风格的重要代表，被誉为"法国的米开朗琪罗"。

纳里城门，则在1920年左右被当时所谓现代派的市政当局乱改一气，他们完全不懂古建筑的修复。

质量上乘的建筑（只是在一段时间内，但还算得上）只有山丘、高原和沙漠。看着此处富饶的迪朗斯河谷，人们无法想象就在几十公里之外，竟有一个寂静、干旱、狂风肆虐的地方。河水自东向西流淌。垂直于河水的流向，向北走一小时就能到达荒凉的鹿尔山，再过去就是林立的群山，它们在韦科尔[1]汇集成连绵的山脉。同样，往南走一小时便能走进韦尔东峡谷的但丁大道和上瓦尔[2]的原野平台。坎朱尔[3]和所有这些颇似中国城墙的断壁残垣，俯瞰着巴尔若勒、卡尔塞和布

1 韦科尔，法国的一个山系，位于伊泽尔省和德龙省，拥有多处越野滑雪和高山滑雪胜地。
2 上瓦尔，法国滨海阿尔卑斯省西北部。
3 坎朱尔，普罗旺斯的一个干旱的石灰岩高原，位于瓦尔省。高原的大部分地区划归坎朱尔军营，是欧洲最大的炮兵演习场。

里尼奥勒的葡萄园和德拉吉尼昂[1]的嫩柳林。

譬如，我们从马诺斯克出发，走南边的道路：穿过宽四五公里的平原，再越过迪朗斯河。在塞尔-庞松湖[2]和法国电力公司的所有诡计得逞之前，它曾是让人为之骄傲的高山湍流：滔滔水流如万马奔腾。现在这条河却尘土飞扬、虫蚁密布。就在此地，它紧贴着瓦伦索勒高原向前流淌。

这一景观的美丽之处已经不复存在。大约三十年前，一个名叫布朗歇的人夺走了美景，因为他想改变事物的命运。我认为，这位布朗歇在某处有家面粉厂（没有任何影射之意！）。面对遍布高原的杏树林，他想将其变成大片的麦田。

---

1 德拉吉尼昂、巴尔若勒、卡尔塞和布里尼奥勒均是法国东南部城市，位于普罗旺斯－阿尔卑斯－蓝色海岸大区。

2 塞尔－庞松湖，法国阿尔卑斯山南部的人工湖，建于1959年。它有助于调节迪朗斯河的洪水和普罗旺斯的灌溉，同时还能发电。塞尔－庞松湖在建设期间，迁移当地居民千余人，拆除400多栋建筑，并使两个村庄彻底被水淹没。

他把果园夷为平地，仿照曼尼托巴[1]进行建设。然而这终究是错误的，没有丝毫效益。在被这位"面粉阿提拉[2]"破坏过的土地上，杏树再也没有生长出来。在股市风云中置身事外的农民，他们保留了自己的农田、杏仁、薰衣草，还有自己的小农场。这些小农场用滚石堆砌而成，呈现面包皮的色泽。正是这些农民构成了这个地方的美景与灵魂。当你沿着山路上行，看到方圆数百公里的景色，看到东边的穆尔德夏尼埃山，看到西边的圣维克多山，看到北边的旺图山，看到南边的阿波罗山，你会对这片土地心存感激。所有的高山连绵起伏、巍峨壮观，在东方的晨曦下带着一抹美丽的蓝色光芒。

---

1 曼尼托巴，加拿大中部的草原三省之一，以农业和畜牧业为主，是加拿大最重要的粮谷仓地带。
2 阿提拉（406—453），古代亚欧大陆匈人的领袖和帝王，被欧洲人称为"上帝之鞭"。

（据说）瓦伦索勒镇[1]有一座西班牙教堂。独特的钟楼尖顶让它在高原上拔地而起。刹那间，它仿佛从薰衣草的海洋里神采飞扬地走了出来，宛若基督教的爱神。村里的房屋鳞次栉比，紧挨在向阳的山谷边上（村子因此得名）。人们几乎是从房屋的屋脊处进入村庄的。近观之下，瓦伦索勒镇只是风之帝国里几近废弃的奇异之城。米斯特拉尔风[2]肆虐之际，它的小巷就像遇难的号角一样，吹起了红色的烟云，上面布满了从牲畜棚里扯下的秸秆。这座被认为是西班牙风格的教堂不过是一座纪念碑，见证了空旷寂寥中所蕴含的宏伟、朴素和感伤。

从那里出发，途经几公里的野生白橡树林，就到了处于茫茫自然之中的皮穆瓦松村。在这

---

1 瓦伦索勒镇，位于法国上普罗旺斯阿尔卑斯省，以薰衣草田闻名。
2 米斯特拉尔风，法国南部从北沿着下罗讷河谷吹的一种干冷强风，为西北风，常见于冬春两季。

里，倘若没有多年勇气的助阵，生命的元素将无法连为一体。就在不久之前，在1930年到1935年之间，当地每年春天都会发生自杀事件，像传染病一样，有时是淹死在池塘里（只有上帝才知道水在这里是否真的稀缺），有时是吊死在树上。在四五名遇难者之后，一位老神父准备用自己所知的全部规则来驱魔。他身披金色祭袍，一只手拿着圣体显供台，另一只手拿着洒圣水器，独自走过被诅咒的地方。仪式结束后，人们又开始生活，也就是说，又要开始时刻面对无情的光辉。

低矮的森林尽管不高，却流露出凯尔特人的深邃。在里面绕了几圈后，你就会来到蒙塔尼亚克镇[1]，眼前的景象让你倍感亲切。这里是松露之地，也是好客之乡。每个小酒馆都会让你免费品尝两次香气扑鼻的蘑菇汤。初看之下，你可能会

---

1 蒙塔尼亚克镇，位于法国上普罗旺斯阿尔卑斯省。

觉得这些极乐之事或许可以防止绝望的滋生。其实并非如此：预先品尝了天堂的滋味，灵魂随后才会陷入绝望。记忆中，我最悲惨的一次经历莫过于黎明时分乘坐马车。当时车上除了我，还有一百五十公斤的"黑珍珠"[1]。起初我还挺高兴，但最后我不禁作呕起来，就像那些在太空里恶心呕吐的宇航员一样。

从蒙塔尼亚克镇出发，迈起小步，或是坐上小车，朝着古罗马风格的里耶兹镇[2]行进。在文艺复兴时期，苏丹穆拉德四世[3]的兄弟曾在这里被关押过一段时间。当时他被基督教扣押为人质，以对抗土耳其人。这座古老的小城至今还保留着四根漂亮的石柱，是奥古斯都时期一座门庭若市的

---

1 此处指外表沾有黑泥的蘑菇。

2 里耶兹镇，位于法国上普罗旺斯阿尔卑斯省，曾是罗马帝国的殖民地。

3 穆拉德四世（1612—1640），奥斯曼帝国的一位苏丹，以残忍见称，其兄弟指的是巴雅泽，于1635年被穆拉德四世下令杀死，后法国剧作家拉辛根据其事迹写出了《巴雅泽》。

寺庙所留下的遗迹。小城里还有充斥着惨痛历史记忆的中世纪街巷。在土耳其统治时期，这里随处可见妈妈姆齐[1]、头巾、弯刀、天堂美女。这些君士坦丁堡人最后却死在了亚历山大六世[2]的监狱里了。

经历了此番遭遇，这片大地保留了对剧场的爱好。我说的不是那些在其他地方也能遇到的人（虽然他们身上也有独特性），而是作为景观的建筑。譬如，当我们来到几公里外的鲁穆莱镇[3]时，不禁会联想到"勃鲁盖尔[4]的背景"或是曼泰

---

1 妈妈姆齐（mamamouchì），莫里哀在《贵人迷》一剧中虚构的土耳其爵位，也用来讽指大官。

2 亚历山大六世（1431—1503），罗马教皇，被认为是文艺复兴时期教廷腐败堕落的象征，是行为最为放荡、不择手段的教皇。

3 鲁穆莱镇，位于法国上普罗旺斯阿尔卑斯省。

4 此处指老彼得·勃鲁盖尔（约1525—1569），文艺复兴时期布拉班特公国画家，欧洲美术史上第一位"农民画家"，以地景和农民景象画作闻名。

尼亚[1]笔下殉道者们身后的布景。但是巨大的舞台是留给穆斯捷-圣玛丽镇的。有一天晚上，我们在路上绕了一圈后，突然走进了一座城堡，那里正要上演阿努尔·格莱班[2]的大戏《受难之谜》。这是于贝尔·罗贝尔[3]梦寐以求的伯利恒[4]和各各他山[5]。在你附近，就在路边，有草地、水仙、柳树、喷泉、溪流，普桑在这里安放思绪，演绎他的神话。别处能见到的景致（画作中的除外），这里统统没有。转眼之间，大制作便一挥而就。

1 安德烈亚·曼泰尼亚（约1431—1506），意大利文艺复兴时期画家，画作多表现人物的英雄气概，如代表作《圣塞巴斯蒂安》，表现《圣经》中一位罗马的殉道者。
2 阿努尔·格莱班（1420—1485），巴黎圣母院大教堂管风琴师，著有《受难之谜》。
3 于贝尔·罗贝尔（1733—1808），法国画家、绘图师、雕刻师、园林设计师，曾任法国中央艺术博物馆（即之后的卢浮宫博物馆）馆长，擅于画建筑废墟。
4 伯利恒，位于巴勒斯坦西岸地区，坐落在耶路撒冷以南10公里处，因是耶稣的出生地而闻名世界。
5 各各他山，耶路撒冷城郊之山，据《圣经·新约》记载，耶稣基督曾被钉在各各他山上的十字架上。因此，"各各他山"这个名称和十字架一直是基督受难的标志。

布景一定价值不菲。

当你满脑子都是戏剧时，我建议你在此地过夜。午夜时分，当所有灯光熄灭，当大家进入梦乡，你可以来穆斯捷广场，听一听湍急的河水在峡谷中激荡的回声。白天听不见这样的声音，当它在耳畔响起，你会惊奇地发现，岩石、柏树、讲堂、礼拜堂和十字架都是由真实的物质构成的，而布景者就是上帝。

从此处始，风光如画，美不胜收。我们来到了被称作韦尔东峡谷的地方，眼前展现的是一幅莎士比亚式的风景画，带有一丝维克多·雨果的影子，但更具古斯塔夫·多雷[1]的风范。还会让人联想到但丁。这里的景象多为高山与深渊。我喜欢在这些让人眩晕的景象中加入某种秩序。当我踏足这些地方，走的是一条让这些深渊相得益彰

---

1 古斯塔夫·多雷（1832—1883），19世纪法国艺术家、版画家、漫画家、插画家和木雕雕刻家。曾为许多世界名著绘制插画，成为欧洲闻名的插画家。

的路线：一条似乎通往左岸的道路。迎接我的是一座布满荆棘的桥。这件有着西哥特[1]风格的自然杰作，若非有两边的崖壁和护坡，恐怕到不了河床。在它的下面，一般只有一条水道，看起来不过是一条绿线，在上游几百米的岩石中，可以看到一扇奇怪的门微微开着。我的脑海中立刻浮现这样的景象：某些时刻，那扇门里一定会跑出来一只野兽，难怪直面野兽的这座桥会遍布荆棘。

所以得赶紧来看看这座桥：法国电力公司开挖的人工湖[2]很快会将它淹没。在这里，我们讨论的是利用世界的两种方式：一种会让它永葆魅力，另一种则会让它的魅力消失殆尽。用不了多久，我们就会在洗衣机旁无聊至死（如果这一切

---

1 西哥特（人），东日耳曼部落的两个主要分支之一，另一个分支是东哥特人。在民族大迁移时期，是摧毁罗马帝国的众多部族中的一个。西哥特艺术也被视为移民的艺术，其建筑多高大，常用石雕表现宗教题材。
2 指前文提到的塞尔－庞松湖。

现在还未发生的话）。

这条路沿着崎岖的山坡蜿蜒前行，丝毫没有失去自身的西哥特魅力。人们越走越高，透过某些弯道的缺口，目光里落满了奇特的孤独。眼见它们朝着南方渐行渐远，直至融入一片蓝光之中。这片蓝光不是高山，而是大海尽头的天际线。这些孤独被橡树和刺柏的黑色皱纹以及黄杨木的深绿色遮蔽。远方冒出一个白塔状的鸽棚，让人看了颇为宽心，直到人们得知路易十六统治时期，废弃农场里的尸体饱受八面来风的侵蚀，其上方往往都有鸽棚。此外，人们最后还发现，野鸽是世界上最残忍、最肮脏、最悲哀的鸟类。

从此刻起，脚下的路把你引向景色优美的艾吉讷城堡。它是美的典范，代表着永不妥协的高贵。正如我刚才所说，城堡的陈设很简单，否则就被拆掉了。它被保留了下来。它有四座斗篷状屋顶的碉楼，还有流水。为了实现节水功能，它让流水迂回流动，流入大池塘，里面满是安逸悠游的鱼儿。城堡在自己所矗立的斜坡上开辟了一条松柏梯道，面对一望无际的废弃庄园和凶猛的鸽子，它建起了一个平台，颇为壮观，让人瞭望远方，供人深思冥想。不管怎样，这是一片高地，比人们想象中的还要高。我们通常坐车来到这里，把所谓现代化的舒适统统留在家里（它们在家里等着我们）。在这里，我们突然意识到，生活在山下的我们缺少了必需品，是什么呢？是时间！生活的时间，生存的时间，内省的时间。丰特奈尔[1]即将死去的时候，将之幽默地称为"存在的困难"。这就是你在"小玩意儿"之间的生活状况，无论是雪茄剪还是阿特拉斯火箭，科学就是靠着这些小玩意儿让我们开心的。在这里，你突然明白了生活的意义，而你却并没有实现。

---

1 丰特奈尔（1657—1757），法国作家、科学家，被视为欧洲启蒙时代的开展者，著有《关于世界多样性的对话》等。

任何人都会不惜一切代价在这个瞭望平台上走一走，然后在伴着呼啸风声的屋内进入梦乡。

这个平台源于自然而又高于自然，是登临韦尔东观景台的必经之处，这是俯瞰深渊前必做的准备。这些深渊不仅是通往地心的垂直大道（这并不是坏事），还是种种陷阱，里面会突然冒出奇形怪状的青铜石，从黑暗深处肆无忌惮地抛向天空，让人觉得颇似恶魔僵化后的姿态。面对宏大的景象，我们经常会想到和看到荒诞（只有上帝知道是否只有这一种荒诞！）。如果你无惧空旷，那不妨登上鲁贡观景台[1]看一看峡谷。千米之下，一根细线银光闪闪，一条小蛇静静蜿蜒。乌鸦此起彼伏的叫唤声，水滴在岩壁苔藓上发出的咝咝声和冒出的股股飞沫。有时，一缕阳光射入深渊，一段段彩虹的碎片便会在眼前浮现，宛如

---

1 鲁贡观景台，观赏韦尔东峡谷的绝佳地点。

雅各的天梯[1]。在这空旷之上，鸟儿也变得犹豫不决，不知是否要从一边飞向另一边。在这片空旷之中，强大的宇宙生命正在缓缓移动。只有乌鸦才会全情沉溺于这些神秘的东西。它们（体重很轻）任由自己坠入深渊。它们在地狱的漩涡中漂浮着，发出轻巧而又低沉的叫声，让人浮想联翩。它们仿佛是从地下喷涌而出的火焰，张开双翼扶摇直上，最后消失在苏玛克山的群峰之后。

在这些山峰的另一边，是坎朱尔高原的宁静大漠。在那里，这些山峰会把鼩鼱、鹌鹑窝、云雀蛋、毒蛇以及沉睡在薰衣草丛中的金黄色长蛇赶得一干二净。

必须尽快去看看坎朱尔高原。那里暂时还是奥林匹克山，但很快就会被改造成一个射击场。

---

1 雅各的天梯，源自《创世纪》的典故：雅各害怕被哥哥以扫杀害，欲逃往哈兰舅舅家，途中梦见一把梯子直耸云天，梯子上有众天使，最上端站着耶和华。

在一碧如洗的天穹下，军用飞机轰鸣而来，投下练习弹，把这片金色的大地炸得千疮百孔。在这里，动物学和神话学相互交融，每时每刻都在塑造潘神的肉体。无论是拉格纳罗斯藏族寺院里眼神黯淡无光的哑巴们，还是在绝望与希望并存的农业中自救的拉巴尔皇港修道院的老老少少，他们都将变得一无所有。但愿那些相信（机械）进步的人可以来这里，呼吸他们从未品尝过的空气，但愿他们可以来这里享受梦寐以求的安宁。可惜他们的美好愿望只能化为泡影。两三个相距二十公里的牧羊人，他们各自赶着自己的一小群羊在沙漠里行走。天空如此纯净，大地如此平坦，他们相望却不曾相逢，也从未有过相见的欲望。他们满足于自己所拥有的一切，无论是外面的草场，还是内心的富足，他们绝不会前去迎接对方。不过，他们可以通过狗儿和它们身上的铃铛声认出彼此。晚上，狗儿有时会聚在一起，身上的铃铛也因此发出声响，高地特有的灵敏环境会将这声音传向遥远的地方。

在近四十公里的荒漠中，我们穿越的是一座城市的废墟，该城建于罗马帝国统治下的高卢时期，其规模比巴黎还大。放眼望去，道路两边是一堆堆坍塌房屋的石块。

最后，天际线上升腾的袅袅青烟昭示着巴尔热蒙即将出现。我们满怀惊讶地来到一座中世纪的村庄。依据我们所见，这座村庄似乎在迎接2000年的到来。

就在此地，跨越沉睡着繁茂柳树的山谷，我们已能听到从7号国道甚至是蓝色海岸飘来的喧嚣声。

1963年

鹿尔山

朋友们，你们很清楚，我不会把这件事搞砸的，所以不必担心。从这片高地下来时，我又看到了你们。夜幕降临，我们深感疲惫。道路沿着溪流而下。歇脚的地方在山岗的后面。我们必须跟着一泓绿水在山涧千回百转，因为只有这泓绿水能在苍岩中开辟道路。我吹着口哨组织行进的队伍，把疲惫抛在了九霄云外。看到村庄时，我们停下了脚步，但离那些村舍依然十分遥远。我们见识过太多美丽的东西，所以我们的眼睛会像狐狸一样闪闪发光。一棵蓝色的桤木被日暮时分的最后一抹阳光照得通体发亮，而且被照亮的只有这棵树。这棵树就是黑土地上唯一的白昼与光明，只有它长着银色的叶子。只有我们拥有纯净的心灵。

你们还记得吗？亨利·弗洛切尔[1]曾问过我："你不开玩笑吗？"

我说："不，我不开玩笑。但尽管如此，我还是要谈谈这个地方。"

雷伊说："为什么呢？还是保留着吧。"

"我认为，"我说道，"我们不可以独占这片土地。它会重重压在我们心里，好像我们偷走了某位石神一样。"

雅克·利维-普吉说道："他说得对。让他说自己想说的吧。这对其他人也有好处。"

---

1 亨利·弗洛切尔（1898—1987），法国学者、政治家，曾任法国莎士比亚学会会长、法国圣蒂勒市（上普罗旺斯阿尔卑斯省）市长等职。

以下是我们的决定：

因为我是向导，是第一位在云海深处发现蓝色大地的人，所以我有权利谈一谈。因为有序的是从自我生发的，因为我们五个小伙子决定不让任何东西玷污我们所看到的、触摸到的、呼吸到的和感受到的事物，所以我有权利谈一谈这片大地，只为引起优秀的人认识它的欲望，并为他们指明方向。

"我们能够相逢真是让人高兴。"雅克说道。

同时，他紧咬下巴，用力瞪着眼睛。

我说："别担心，你们面对的是一个诚实的人，他敢于承认自己的错误。当我找到快乐时，我便对着快乐大叫一番。于是，我便自拆百座山谷，自毁柳下芳草。被山楂林和溪流封闭的道路，我却为那些卑鄙之人打开了。我周围的一切都在崩溃，其速度更甚于世界末日。现在，我正为自己重建一个世界。我是自私的，我比你们对这事更感兴趣。"

他们知道这些。

"那些要来的人，"我说道，"他们会通过我的话来到这里。我会告诉他们所需的一切。不过，我会警告他们，如果没有善心，他们将永远无法进入这片神奇的土地。"

之后，我们就抽起了销魂的烟斗。

*

东边和南边是迪朗斯河谷，西边是罗讷河谷，北边是层峦叠翠的韦科尔山脉。进山的道路在山谷口，隐藏在一个石膏洞后面。三棵雪松通体雪白，因为它们一直处在飞扬的青石尘埃中。我们驱车开到某个点，我之所以将之称为某个点，是因为这座村庄在这个点上被一分为二：

一个死气沉沉，一个活色生香。在此之前，道路一直沿着蓝色页岩的悬崖蜿蜒而行。悬崖不时分开，以让洪流经过。洪流摧毁道路，却把淤泥懒洋洋地铺在下面，其上长出了天堂果园。在果园里，梨树比橡树还高，草地上的生命繁茂得让它们变成了蓝色。还有神奇的柳树林，它们主宰着音乐与梦想。午夜时分，这片林子里飞出一只大鸟，体形宛如簸扬麦子的簸箕，全身金黄，不停地发出"啊啊"的叫声，就像女人在唱歌，却不记得歌词，只为了自娱自乐而在不停练唱。情况确实如此，也只是如此。

我和雷伊、亨利坐在第一辆车里。车后一百米是雅克的车，里面坐着拍照的夏尔·卡尔达。

有一刻，正在开车的雷伊发出一声闷叫，然后刹车停下。他无须提前通知我们。我们看到了，是一位牧羊女。她在路边走着，身后跟着一小群羊。她是那么美丽，我们的汽车缓缓而行，从她身边悄悄开过，离她越来越远。我们向雅克示意。但我们才走了不到三百米，雷伊就刹车停下，看着我们说道："不，我们要再去看看她。"

雅克跟上了我们。

"我们是说要再去看看她。"

"这正是我的意见。"他说道。

他叹了口气："这片大地太美了。"

我们先把车子藏在土路的柳树下，然后穿过马路，登上了高地。我们不再说话。她来了。我从未见过这样的女人。我所说的话，我的四位朋友已经相继说过。今天是这一位说，明天是那一位说，谁记起来了谁就说。我们时不时就会再次说起。她一直在我们眼里。不，我们从未见过像她这样的人。

她刚满十六岁，端庄、温柔、纯粹。她在唱歌，却算不上是歌声。她停下不唱了。没有了她的声音，和谐依然存在于树上，存在于柳树林中、羊群的铃铛里，存在于溪水、回声和柳树之中。她赤着脚走路。她有一双棕色的小胖脚，脚趾很美，全部撑开着。脚踝也很肥，小腿肌肉紧实，整个腿部像是用大理石做的。她的胸部已经有了女性的美。她的手臂垂在身体两侧，像篮子的把手，像油罐的把手，像装麦子的木斗的把手，有着十几万年来人们发明的那种轻盈的弧度，让他们的手可以抓紧那些装着世界财富的美丽花瓶。脸……不，不是脸。她从我们面前走过。她的步履充满了韵律。我们从未有过比看她走路更美好的快乐，我也从未有过如此美好的快乐。人们可以想象，那个人用弯弯的把手抓住罐子和木斗，用手臂的力量抬起它，虔诚地搬运油和永恒的麦子。

她经过此地，沿着小路穿过山坡，一直向上走去，直到身影消失。我们便再也见不到她了。

*

大地？就是这样的。

一片一望无垠的土地，地形起伏不平，有着珍珠般的色彩，上面长满了树木。等等，我要告诉你们这片土地是怎么长出树来的。首先，它们就像地平线和云彩一样。为什么？这有什么了不起的？是运动中的云，不是天上的云，而是地上的云。别人误解了我的意思，这是因为我也误解了别人的意思。但事情是这样的：在一片普普通通的大地上，云从地平线上升起，向前移动，升得越来越高，然后越飞越远，最后降落下来。只有当云离我们很远的时候，才会再次落到地上。云从我们身上跳了过去。我们永远无法用手去触摸它们。我们当中谁不想摸摸云彩？但在这里，我们可以触摸云彩，它们贴着地面飘行，将你团团围住，让你顷刻间失去了所有人，失去了整个世界。你若喊话，回应你的则是一棵树。因为这个地方只有高大的树木：这些桦树没有芽，没有枝杈，也没有在离地不到二十米的地方疯长的树叶。至此，它们张开最厚最重的新叶，也是最美丽最善于歌唱的叶子。你迷失在了云端。你若喊话，有棵树会回应你。树的回答正是神的话语。这就是善良！这就是希望！这就是健康！这就是快乐！云过千帆，树木不言。你发现身边的朋友已经迷醉其中。

少数几位品性可靠的农民居住在这片异常美丽的土地上，他们既疑神疑鬼，又头脑清醒。只有和他们交上朋友才能真正接近他们。和他们交朋友，就要了解何谓友谊。他们在这片大地上行走，从一排白桦树走到另一排白桦树，需要耗费数小时的时间。在此期间，树的声音一直与他们如影随形。那么，他们在人类的贸易中又有什么收获呢？什么也没有，他们却因此失去一切。他们曾经对我们热情相待。

1934年

沃克吕斯山脉[1]上的戈尔德镇

　　汽车的数量正以荒谬的比例不断增加。城市里挤满了这些凝固在街道墙壁上的车辆，诚如人们所言（现在都流行这么说），胆固醇是凝固在血管壁上的。道路本身已无法满足这股四轮车流，它们互相碰撞、重叠、挤压，钢铁残骸散落在堤岸、田野和尘土之中。人们永远在谈论扩建道路。这只会让他们得到喘息的机会。在一段时间里，交通流量似乎得到了调节，但随着汽车数

1 沃克吕斯山脉，法国东南部山脉，由普罗旺斯－阿尔卑斯－蓝色海岸大区负责管辖，处于吕贝龙山和旺图山之间。

量继续以荒唐的比例不断增加，过不了多久，人
们不得不再次以同样荒唐的比例扩建道路。

唯一的解决办法就是改变意图。汽车（以及
道路）用户有两种，一种是旅行者，另一种是寻
求消遣、大自然、阳光和自由的人，后者也曾被
称为好奇者或老实人。旅行者可以坐火车（火
车已经变得十分快捷、舒适、方便）。至于好奇
者，他们怎么会看不出自己犯了一个错误呢？他
们一定非常热爱这个由金属片、小齿轮以及由汽
油碳氢燃料驱动的活塞组成的安装件，所以才没
有意识到他们的机械装置从来没有把他们带到自
己想去的地方。我说的不是那些一屁股坐在椅子
上，满足于单纯的运动与速度以及车窗外模糊不
清的风景的傻瓜，也不是那些年复一年地享受
"中产"的可怜人。我还是来说说我的老实人
吧。在他们的铁皮龛里（甚至坐在敞篷车里），
他们没有成功逃逸，只是换了一个地方。生产快

乐的运动从未涉及他们的生理需求。他们总是受制于自己的踏板、方向盘和操纵杆，从未有过自由。他们甚至被这些无意义的姿势奴役，当他们对这些姿势习以为常时，他们就会开始感到厌烦。这些姿势毫无意义。严格来说，这些姿势只是意味着开好车，为了开好车而开好车，除此之外，毫无意义。

与在千篇一律的高速公路建设工地上的工作相比，弗朗索瓦和克劳德·莫尔纳的工作更有幸福感。多年来，他们一直在绘制长途旅行的步行地图，详细描述其行程。如果想确认驾车者的悲惨遭遇，只需将这份"步行者指南"与米其林指南做个对比即可。后者所有的财富都用星号（不恰当的叫法叫星星）、叉子和小床来标记等级，里面还会经常提到在饱餐酱汁猪脚后，可以欣赏罗马式的门廊和文艺复兴时期的建筑。还会提到历史上的宏大事件，目的是让用户相信自己不是一个完全的白痴（也只能让他们自己相信）。而第一种指南则让我们深入生机勃勃的中心地带。

这是一个拥有罕见财富的秘鲁。一些城里的孩子，甚至是小孩子，他们从未见过（一些成人也未见过）现代人挂着旅行杖竭力寻找的东西就出现在那里，目睹它的真实，品尝、吸收它的真切，在触手可及的范围内，抚摸、轻抚或学会轻抚：寂静、孤独，光影掠过大地，狂风的暴力和风的温柔，空气的芬芳，流水的纯净，山谷的回声，智慧在面对简单事物时奇妙的不安，神话中的建筑。在这里，一切都未简化，一切都处于原生状态，本质还完好如初。地、水、天、火，都只属于你一个人。风暴因人而异。对于一些风景，你是第一次见，然而它早已成为（至多）一百多个优秀人士沉思冥想的对象。

你此刻呼吸的空气从未被呼吸过，你正在饮用的水源自地心深处。这只鸟儿为你歌唱，你是唯一见到如此景象的人：宛如绿色的花金龟爬过茴香叶丛，一群灰蝶在水洼上方翩翩起舞，黄鼠狼从冬青栎上滑落，游蛇穿过小路。你是唯一听到山谷深处隆隆之声的人，也是唯一（非常自然地）想象众神在山巅相会的人。

1961年

拉克罗[1]

春分时节之后，绵羊在拉克罗镇随处可见。它们三三两两地挤在那数不清的羊圈中，以此挨过整个隆冬。现在，它们成群结队，浩浩荡荡地出发，脚下的大地也因这接连不断的脚步声而变得炽热起来。绵羊们将目光投向阿尔卑斯山。它们悄悄地聚集在东边，队伍缓慢移动，不断壮大。晨光熹微时，它们四处嗅嗅，咩咩叫着向东跑去。人们遂意识到，这种行为与其说是因为听

---

1 拉克罗，法国普罗旺斯－阿尔卑斯－蓝色海岸大区瓦尔省的市镇。

从了人类的命令，倒不如说是因为它们受自然法则的驱使。牧羊人不像在对羊群发号施令，更像被羊群裹挟着前行。在旁人看来，当他们围着驮鞍团团转时，当他们将东西摞在骡子背上，并把骡车也装得满满当当时，他们像极了即将偷渡的难民。

难道是某位老板、某位将军或是某位神灵的声音？抑或是这些数以万计的牲畜的自然之力？不过，在某个清晨，羊群的确就这样上路了，一步一步向前走着，从容不迫，一往无前。夏季的进山放牧活动就这样开始了。它们沿途经过了沙龙镇、朗贝斯克镇、库杜镇[1]以及形形色色的小山谷。这些小山谷通向特雷瓦雷斯山脉、普罗旺斯地区艾克斯市和圣维克多山。放牧的羊群继续

---

1 沙龙镇、朗贝斯克镇和库杜镇都是罗讷河口省的市镇。

向着迪朗斯河谷前进。当第一批驮得满满当当的骡子深入罗涅镇绿油油的橡树林时，另一批正从马勒莫尔桥上穿行而过。在沙勒瓦勒镇、拉罗克当泰龙镇、圣埃斯泰沃镇以及勒皮圣雷帕拉德镇上，路上挤满了羊群，而迪朗斯河下游地区还依稀回荡着一连串的铃铛声、咩咩声、喊叫声、哨子声，以及那轰隆隆的步伐声。

最初的放牧之地再现了"罗马时代"。羊群穿过，尘土飞扬。这不再是恺撒时代的古老城墙、密涅瓦[1]的雕像、荒旧寺庙的废墟，而是挤在牧群中艰难前进的车辆。旅游车、商务车、大卡车、小卡车，由于没能在羊群占道时及时变道，纷纷停在水沟旁或梧桐树下。就在片刻前，这些司机还属于二十世纪，属于快节奏时代，现在他们的脾气却与其祖先的古老性格如出一辙。人们

---

1 密涅瓦，罗马神话中的智慧女神、艺术家与手工艺人的守护神。

不能不理解自然的宏伟，它源于为生存的迫切需求所左右的巨大变化。他们不会像平常遇到堵车时那样焦躁不安。等待。学习。多年的好奇心得到了满足。五分钟前还开着跑车的人，现在却被洞穴岩画的静谧之美深深震撼。他们欣赏公羊那硕大的羊角；他们惧怕这批向东行进的羊群；他们明白牧羊人的荣耀，牧羊人走在羊群之首，在混乱的游牧羊群中维持秩序，主宰着这场壮观的迁移；他们为人性中最简单、最本真的一面所触动；他们从机器中回归生活。这不再是换挡或加满汽油的事，而是计算何时该让这些摇摇晃晃、相互叫喊的羊群歇一歇，让这些一刻不停地紧跟步伐的羔羊喘口气。

由成千上万只羊组成的庞大队伍如同潮水、湍流一样，沿着迪朗斯河河谷向上攀爬，淹没了城市、村庄与村落，挤满了县城街道。经过银行、政府与商店时，它们在墙上蹭着自己身上的羊毛和粗脂。它们掀翻货摊，踏过喷泉。

越往上去，羊群气势越显昂扬。高处吹来阵阵微风，透着高山草甸的芬芳，它们的颈圈不停晃动。铃铛不时作响，叫声越发急切。人们看到山谷交界处的丘陵漫天尘土，整场放牧更显坚毅热烈。

山上已扎好营地。羊倌打开小木屋，晾晒草席，重做围栏。人们踮脚想看清远处这场放牧的终点，便望见在寂静的山顶上老烟囱冒出的袅袅炊烟，有人等在那儿附近。然而，从这支放牧队伍浩浩荡荡踏过的深处，仍然只能看到一条路。诚然，自离开拉克罗镇以来，这条路已经变了。人们已经在别处了。离开种满柽柳、海蓬子和洋蓟的土地已有些时候，他们甚至越过橄榄树和梯田，抵达遍布高大橡树、梨园、淡水与沃草的地区。歇息时，羊群品尝到更为丰富、清香的草料，也在河边喝水，这是下游干燥的拉克罗镇所无法想象的。一路奋勇向前的辛苦都得到了回报。然而它们仍要向着更高更远处前进。

与所想相反，这股湍流并未由于离开起源地而逐渐式微。它赢得了胜利，更加无畏。每天黄昏时分，羊群在路边休息。动物所有的激情都有各自的动机：母羊给小羊喂奶，公羊在情人中穿梭，赶赴一场场战斗，轰隆声不绝于耳。此后羊群在静谧中入睡。短短几分钟内，牧羊人再次返回自己的时代。他可以抽着烟斗，想着周日和楼下姑娘跳舞时的曲子。他也在经历放牧，也在变换生活。一股新鲜空气涌入他的肺中。

这一刻，繁星与骄阳交替前行。二十天已经过去了，还有十五天的路程。夏日缓缓来临，要赶在它之前到达，牧羊人深夜启程，用鞭子、口哨和狗吠声叫醒羊群，赶它们上路。他们手里提着灯，发号施令。领头骡的骡鞍上插着蜡烛，马车上悬挂着红灯笼，它们往前赶路，甚至超越了警车。轰隆声突然响彻夜晚。沉睡的城市里，商人与资本家睡眼惺忪，故事与传奇的喧嚣飘入梦里。农场里的狗焦躁不安，叫声连连。大部队的盔甲晃来晃去，山谷内回声萦绕。

越往源头，山谷越是窄小，越来越窄的通道使队伍越走越长。夏天来临之际，走在最前头的骡子站在山上，羊群紧跟其后，此时第一朵花在阿洛斯镇的高山牧场、维索山[1]的草地与洛塔雷山口[2]的寂静中悄然绽放。离开拉克罗镇后，羊群有些松松散散。登德山[3]到莫丹镇这一段的阿尔卑斯山脉都可见其身影，然而为了去往高山草甸，它们不得不兵分几路：一些朝着巴瑟洛内特镇所在的山脉走去，另一些赶往布里扬松镇，还有一些则前往格勒诺布尔市。在蒙热内夫尔镇，在靠近

---

1 维索山，意大利北部的山峰，位于皮埃蒙特。

2 洛塔雷山口，上阿尔卑斯省的高山口。

3 登德山，位于南阿尔卑斯山，海拔 1871 米。

内瓦什镇的地方发现了羊群的落脚处，在拉尔什山口[1]与马德莱涅山[2]那里也发现了一些，剩余的则在靠近乔库高原[3]和加内西耶高原[4]的上十字山口处。然而，数百年以来，一切都井然有序，夏日之花在牧场盛开，羊群在路上低头吃草。此刻，促使其一往无前的冲劲戛然而止。它们知晓即将到达目的地，行动便渐渐放缓。这再也不是一场找寻与征服的活动，而是安家行动。人们看似在引导，实则没什么可指引的。如果不曾有羊倌引领，羊群本可独自离开拉克罗镇来到山区。这或许会多花费一点时间，或许到达终点的羊没有那么多，但它们最终都会抵达。昨日，牧羊人想在驿站拦住它们，却徒劳无功。羊群会逃跑奔往这

---

1 拉尔什山口，位于意大利和法国的边界。

2 马德莱涅山，萨瓦省阿尔卑斯山的一座高山口。

3 乔库高原，位于阿尔卑斯山，海拔 2051 米。

4 加内西耶高原，位于上阿尔卑斯省，海拔 2359 米。

里。现在，牧羊人若想把它们赶去更远的地方，羊群也会待在原地。它们已经到了，它们对此很清楚。

宁静的生活就这样开始了。羊群找到了夏日之乡。高山上雾气弥漫，寒冷与冰冻侵袭着羊群，冰冷的风暴奇寒彻骨。但它们就在那儿，牢牢立于山间，神态自若，这里是它们的家，它们就在这里生活、进食、繁衍。它们不再前行，而在原地轻挪漫步。它们的挪步不再为了满足一个又一个欲望，而是追求一份又一份快乐。它们已经找到了自己的栖息地。为此，它们足足找了好几个月。

然而这样的栖息地并不总能找到。寻找的过程充满了各种权衡，一切均取决于上天。夏日星座渐渐向西落去。每天清晨，黎明被冬日星座一点点浸染。表面上看来，在阿尔卑斯山山巅，四下分散的羊群并没有改变行动。然而在某个晴日里，它们顺着山路向下走。草因霜冻而枯萎。骡子出了栏，驮得满满当当的。牧羊人扬起鞭子，吹响哨子，牧群缓缓前进，那是通往平原、朝阳和冬日故乡的道路。路上再次烙下岁月的印迹，游牧之潮也逐渐退去。

上普罗旺斯的传奇

　　所有的上普罗旺斯传奇都来自岁月长河里的三处源泉。

　　最近的源头是阿拉伯风情。它们通常栖息于建造在礁石顶部的僻静村庄。正是它们，讲述着水渠与喷泉的生活。男主人总是很热情，无论他是埃米尔[1]、奴隶，还是商人。他的肤色越黑，嘴唇就越厚，眼睛就越白，他也就越受人喜爱。人们喜欢在这些极其骄傲的贫困村庄里来一次阿拉

1　埃米尔，阿拉伯和非洲地区的酋长或地方长官的代称。

伯式的"劫掠"。

这些人的故事几乎总是与水域或水源有关。王子们首先是水源的守护者。他们掌管着与清凉、水沫、树荫以及地下管道网有关的事。水流在这些管道里流动，汩汩作响，流进了冷冰冰的石头水槽。

当然，人们有时也谈论这些故事里的柔情蜜意。这是必须的。这些传奇似乎在为自己辩解。如果一位本地男士和你讲起传奇，他的妻子会表现出一丝轻柔的蔑视，而你是不会在文字中读到这些的。他会用自己的语调和姿势让你明白他所讲的一切。当他讲到水渠连接山谷和高山的时候，他会抑制住内心的激情，让自己的嗓音不会因此而颤抖。

有时，男主人是罗马人，不过这么说不太准确，是介于罗马人和阿拉伯人之间的人。栎树被自己沉甸甸的叶子压弯了枝头，压在维吉尔的绵羊身上，宛若温柔的抚摸。在圣热涅村边上有块石头，被人称为"文字石碑"，上面用漂亮的安色尔体[1]写道："我，达尔达努斯，恺撒行政长官，充满尊贵与荣耀，已经摆脱了权力的重负。我和我忠诚的妻子加尔芭一起隐居在这些崇山峻岭之中，希望从此过上与羊群和谐共处的生活。"

历史稍微悠久一点的传说都会讲述耶稣基督诞生的故事，这些传说在每个国度都为人所熟知。但上普罗旺斯是片荒凉而艰辛的大地，很久以来，它就渴求希望，甚至在绝望之中拼命寻找希望。对这里的人来说，伯利恒太远了。如果这些事情发生在海洋的彼岸，谁又能知道这些究竟是不是真事呢？只是，要保证这些都是真实的，就要不惜一切代价。于是，他们歪曲了整个故

---

1 安色尔体，一种全大写字体，在3—8世纪被拉丁和希腊的抄写员使用，最早源于晚期的罗马草书体。

事。一切就这样发生了，不仅发生在上普罗旺
斯，而且还发生在他们的村庄里。耶稣降生时的
马槽曾经就在这里。邻村的人则会和你说马槽在
他们那里：让他们说去吧。这颗星星[1]是一个名
叫阿尼奥的人看到的。马厩就在那里，在皮涅路
路口，也就是你右手边的最后一户人家。给圣婴
洗澡的是韦内朗德。玛利亚喝的汤，是一个名叫
芭布的妇女做的，汤底是用牛肉熬的。那牛吃的
草，就是你看到的草。堂兄图比耶把这个消息散
布出去了。敬仰？好的，有个叫莫尔或莫朗的
人，他可能不是本地人，这个我向你承认。不过
我可以向你保证，耶稣在这里诞生。伯利恒！
啊，你不要相信他们的伯利恒。他在这里出生。
当故事结束，人们可以看一下这片广袤而贫瘠的大

---

1 据《圣经》记述，天使向一群牧羊人宣告耶稣的降生，40天之后，
来自东方的三个占星术士也受一颗特别亮的星的启示而前来祝贺。

地，看一下它由页岩构成的山脉，颇似利维坦[1]。

第三种传说的数量要少些，但它们的历史更久远。它们是盛夏时节烈日当空时的午后传说。有只公山羊来了，它用后腿行走，眼睛非常迷人。人们都不敢出门。村庄显得死气沉沉，就像现在午睡的时候一样。一旦看到它的眼睛，人们就会迫不及待地夺门而出。我指的是女人和女孩。别人不得不按住、捆住她们，有时不得不杀死她们。她们做的最后一次挣扎，就是夺门而出。有些人是不顾一切逃出来的，有人看到她们往山上拼命奔跑，好像山羊撒腿狂奔一样，接着她们就永远消失了。她们变成了雪松女王。就在晦暗阴沉的高原上，应该有你曾经看到过的雪松，现在我们也还能看到。她们就变成了那些树的女王。之后呢？故事就这样结束了。以前，还

---

1 利维坦，《圣经》中多次提到的一种大海怪。

有一个女人，准确地说是一具女性躯体……我不想和你说这个。山羊迷人的眼神和这个毫无可比之处。她从来不穿衣服，人们也无法想象她会穿衣服，即便之前别人给她做了些玻璃衣服。为什么？她穿衣服的话可能会有罪恶感。于是，男人都消失了。他们变成什么了？没有变成什么：他们在学习。那他们在学什么呢？这个我不能告诉你。

不过，我可以马上告诉你最古老的传说。吕贝宏山区有个名叫维特罗尔的村庄。一天早晨，村民出门时发现：一切都变了。树木可能还是原来的样子，你认得出它们的特征。就像你观察一个人时，即便他开怀大笑，你还是能认出他。他就那样笑着，树木也在欢笑。这个情景看上去毫无征兆。耕地也在欢笑。维特罗尔有扁桃树林、松林、英国栎树林和圣栎林。大地，或耕种过，或长满野生的青草：一切都在欢笑，每个事物都有它独特的笑声。逐渐地，人们也开始欢笑。一切简单而自然。这情景持续了好几天，然后大家就对此习以为常了。

1937年

彩色小泥人[1]

　　我们都做过圣诞马槽[2]，然后轮到我们的孩子们来做了。所以，根据我们的观察，这不仅仅是一个美丽的冬季游戏，更是一种表达方式。归根结底，我们还处在洞穴时代，还需要在岩壁上画画。

　　这不仅仅关系到彩色小泥人，而且涉及风景的构成。这绝不是犹大的风景，而是我们所熟悉

---

1 彩色小泥人，普罗旺斯的一种小型泥塑，色彩斑斓，用以表现耶稣降生的场景，于2021年被列入法国非物质文化遗产名录。
2 圣诞马槽，也称马槽圣景、耶稣降生场景、耶稣降生图，是圣诞节前后用艺术物件或人物模型表现耶稣降生场景的图画、雕刻或塑像。

的风景。马赛的风景代表马赛，马诺斯克的风景代表马诺斯克，巴黎的风景代表巴黎。我们认为上帝之子诞生在阿洛[1]的山崖上，诞生在金山[2]上或布洛涅森林[3]里，这让他与上天极为接近。此外，阿洛、金山、布洛涅森林（或枫丹白露森林，或那片靠近冰冷池塘的光秃秃的白桦树林，布鲁盖尔将其用作自己画作《无辜者的屠杀》的背景），它们都被放在熟悉的抽屉柜的顶部、信柜架上或是清除了小摆件的餐具柜上。如果说有一种方法可以让传说具备乡土气息，既要量力而行，又要恰如其分，那这种方法就是圣诞马槽。所有的家用物品对此都有所贡献。在我那个年

---

1 阿洛，法国普罗旺斯－阿尔卑斯－蓝色海岸大区罗讷河口省的一个市镇。

2 金山，位于法国马诺斯克市郊。

3 布洛涅森林，位于巴黎城西，面积8.46平方公里。

代，我用灰纸表现的山丘是由欧仁·苏[1]和大仲马[2]的书卷以及一本马莱伯[3]的诗集所构成的（这就是这本诗集的全部用途，我不知道父亲为何把这本书放在他的鞋匠工作台上）。

去年，我的女儿们把瓦伦索勒高原带进了伯利恒，因为她们有厚厚的《贝舍勒法语词典》[4]。她们还用了我放在办公桌上用作桌垫的大尺寸绿色吸水纸，以表现大地的效果，仿佛我们身处春天，绿油油的麦子宛如杏树下的英式地毯。在我的那个年代，我则用巧克力纸来展现江河。这些江河与我们的迪朗斯河（我在那个年龄段所见到

---

1 欧仁·苏（1804—1857），法国作家，其代表作《巴黎的秘密》首创了连载小说体裁。

2 大仲马（1802—1870），19世纪法国浪漫主义作家，著有《基督山伯爵》《三个火枪手》等。

3 弗朗索瓦·德·马莱伯（1555—1628），文艺复兴时期法国诗人，他清晰的古典风格与早期诗人的夸饰形成对比，深受17世纪批评家的欢迎。

4《贝舍勒法语词典》，由19世纪的法国语法学家路易·尼古拉·贝舍勒（1802—1883）主持编纂的一系列词典。

的唯一河流）完全不同，因为创造（甚至可能是上帝的创造）总是与现实相关，所以有时会与现实相悖。不过，对于巧克力纸要多加注意！这是真正的锡纸，如此真实，如此厚实，我母亲把它们视若珍宝，小心翼翼地将其保存起来。她把锡纸卷成球，当锡纸球变得足够大时，就用来给勺子和叉子重新镀锡。这种巧克力纸以一种极具艺术性的方式挂在欧仁·苏的灰色纸质书卷的缝隙里，呈现出壮观、闪耀、厚重的瀑布质感，这正是法国电力公司所有水利工程师们梦寐以求的东西。如今的巧克力纸只呈现出薄薄的水面效果，毫无光泽，人们不禁要问，如果不沾上石油或盐的话，这样的纸是否还能将就使用。我告诉我的女儿们，在我看来，用这纸做犹大山地，比我以前用来表现瀑布的挪威纸更有效果。她们回答我，犹大山地是她们最不担心的，她们正在寻觅一种自然效果，能够代表深水、蓝水和多瑙河的水，甚至可能是所有普罗旺斯人心目中的亚马孙河的自然风光。

在这里，我们远离了圣地，远离了神圣的历史。但好在我们意识到，如果没有梦想和欲望，什么事也做不成，即使是"圣婴"也不行。

对于所谓的彩色小泥人，对于小泥人在景观中摆放的位置，我们从中发现了人心的秘密。在我的童年里，我的周围都是非常虔诚的女士和小姐。自然，她们都制作马槽。在所谓的马厩周围（总是用星星来装饰，甚至用长尾彗星来装饰），她们摆放着泥塑小人。摆在马厩前的当然是东方三王[1]。在小路上，在山上，在山谷里，在桥上，在草地上，在树下，都是行走中的人。人们满载着礼物，拿着一捆干鳕鱼（送给小亚细亚妇女分娩的有趣礼物！）、糖饼、花边卷筒，甚

---

1 东方三王，又称东方三博士、三智者、三占星术士，在耶稣诞生前曾前来祝贺，常出现在与圣诞节有关的画像里。

至还有锋利的刀子。这些都不是主要内容。我注意到的是，人物在整个景观中随处可见。有些虔诚的女士和小姐在制作马槽的时候，摆放了一百甚至两百个臣民，以至于可怜的小马厩在星星和长尾彗星的陪衬中显得十分孤单。其余人只能在路边张口呆望。朝着——哦，当然！——朝着马厩走去，但在闲逛，在无所事事，甚至在动歪脑筋，也在生活。什么？！为了自己而自私自利地生活。

然而，我看到了那个马槽（我当时四岁，深深震惊于所见的景象，以至于我之后一直在模仿它）。那是在1899年12月一个凶险的夜晚，由一个在街坊邻里中不受待见的可怜女孩做的（她甚至受人谴责，我曾被禁止去她家——不过我还是迈着小步去了那里，因为她很漂亮、很忧伤，浑身散发着香草米粉的香味）。这个可怜的女孩（据说命不好），除了圣人和东方三王之外，只买到了二十多个彩色小泥人。她一直没有能力，或者说没有时间，抑或说没有心思去构思风景。在厨房空无一物的桌子上，她把"圣婴"放在了蜡染的方格布上，没有星星，亦无彗星，而且四周都很狭促。身陷同样的痛苦（似乎没有办法），东方三王和平民混在了一起。

1953年

跟不上岁月步伐的农场

　　这个地方的人们不会兴建现代化的农场。准确地说来，我说的这片地区南临地中海、西到罗讷河、东靠阿尔卑斯山、北至伊泽尔河[1]。不论是在迪朗斯和德隆[2]那样巨型的河谷之中，还是在其周围的山丘之上、群山之间，抑或是在与康塔特高原[3]交会的平原上，农民们都住在十七、十八世纪建造的房子里。当然，我说的并不是那些在卡

1 伊泽尔河，位于法国西南部，源于意大利，汇入罗讷河。
2 此处指法国东南部地区的德隆河流经的谷地。
3 康塔特高原，位于法国东南部普罗旺斯地区。

维永镇、阿维尼翁镇、奥朗日镇、卡庞特拉镇上盛行的"乡野小屋"。这些镇子的居民以种植、运输和出口时令蔬果为生，是地地道道的农民。他们的原则就是违背自然规律，追求巨额利润。这些人什么也教不了我们，除非我们违背规律、改变观念。在离索尔格河畔利勒咫尺之遥的地方看上一眼，便能一目了然。比如，这条从阿维尼翁通往阿普特镇的普通道路，就是两种文明的分界线。

沿着这条道路向阿维尼翁走去，道路右边的农庄用卵石和石灰浆建成，墙壁有一米五厚。这些十七世纪建造的农庄低矮而结实，屋顶铺着古老的彩色罗马瓦。在道路左边，农庄由砖头砌成，由工业涂料粉刷，其颜色有着特定的用途。农庄的墙壁有十五厘米厚，而且很高，有时能达到两层楼的高度。屋顶上清一色地铺着血红色马赛瓦。这些农舍的历史，（最古老的那些）可以追溯至法利埃先生[1]的时代。右侧，人们能看到肥沃的粪草堆，看到中国农业文明的所有标志；左侧，这些房子颇似平庸之人在获得狩猎小屋之后，摆出一副过来人的模样。右侧，种植着传统的农作物——小麦（只剩下短短的麦秸）、山脚下的土豆和山坡上的葡萄树和薰衣草，人们也在山岗上狩猎；左侧，人们在玻璃房和草棚里从事着集约化的农业生产，点燃燃油给草莓保温，焚烧旧轮胎以保护桃花。人们会去卡维永的电影院和舞厅找找乐子，有时也看看电视。不管怎样，他们用上了电话和收音机，就是为了了解股市行情或国际新闻。

这条道路的左侧（从阿维尼翁到阿普特的道路）没能教会我们什么。三四百年后，如果还有残存的尘埃与碎片，那么这些残骸兴许能给人不

---

1 克莱芒·阿尔芒·法利埃（1841—1931），法国政治家，1906 年至 1913 年任法国总统。

少启示。现在，这里只是一个颇具规模的奥贝维利耶镇[1]或勒克雷姆兰-比塞特尔镇[2]，居民们都在昧着良心挣钱。然而，道路的右侧展现了一如既往的乡村画卷。这些农庄，一边名曰"自得其乐""自给自足的山姆"或"珍妮特别墅"，另一边则称"喜鹊""蝗虫""骑士团封地""孔雀""波兰磨坊"，甚至是"阔头枪"[3]。

可是，负责道路左右两侧建设的是同一位农村土木工程师。

不久前，我听到了一个农民和一位乡村工程师之间的一段对话。这个农民生活在道路右侧，也就是生活在十七世纪农场的农民。他是个不错的老头儿，是黄杨、羊群、葡萄、小麦、土豆和

1 奥贝维利耶镇，法国法兰西岛大区的市镇，位于巴黎东北部郊区。

2 勒克雷姆兰-比塞特尔镇，法国法兰西岛大区的市镇，位于巴黎南部郊区。

3 阔头枪，一种长柄武器，有较大的枪身，出现于欧洲 15 世纪末，最早用于农民起事。

薰衣草种植方面的专家。他能在上瓦尔河谷荒僻的土地上，甚至是毗邻坎朱尔的荒漠地带种植庄稼。在这些地区发展农业是件很了不起的事情：这是鲁滨孙[1]的艺术，人们需要无所不知、无所不晓。而且，上帝已决定，人们是没有犯错的权利的。这是一门精妙的艺术，人们需要通晓天意，未雨绸缪。

这位曾与我同住的老友，是家族的第五十代继承人。他的家族有时住在这里，有时住在那里，但始终是栖身在这些地区的农民。这位农村工程师则是个三十五岁的小伙子。他刚从学校毕业，便为行政部门所困。我的老朋友想得到资金支持，以便把一条几世纪来通往农场的小路改建成公路。他乐意承担一部分费用，但其余费用就得寻求农村工程部门的帮助。当工程师来到农场

---

1 鲁滨孙，丹尼尔·笛福创作的长篇小说《鲁滨孙漂流记》的主人公，在荒岛上生活了 28 年。

的时候，我正在那儿自得其乐：这片农庄能够与托斯卡纳大区[1]最优美、最古老的宅院相媲美。它曾是圣殿骑士团[2]的农场，在十七世纪被改造。它既像一座藏族寺庙，也像一座封建时期的堡垒。这座农庄的羊圈如大教堂的穹顶般庄严，落下的阴影如天鹅绒般柔滑，泛着回声的走廊，还有棚舍，它们为那些因土地荒僻、了无人烟而焦虑苦恼的人们提供了牢固的庇护。我来到这里，是为了体验在别处难以找寻的宁静，也是为了重拾与"生命本质"的联系。这里还需要提一提我的老朋友和他的家人：他的妻子、两个女儿、三个儿子（其中一个要去阿尔及利亚），出于相同的理由，他们与我感同身受。他们对一切都一知半解。在巴黎，他们会显得很"乡巴佬"。但在这里，巴黎人却显得格外愚蠢，他们反而是细致

---

1 托斯卡纳大区，意大利中部大区，被誉为"华丽之都"。

2 圣殿骑士团，中世纪时期基督教军事修会，三大骑士团之一。

的、敏锐的，宛如希腊诸神，是上帝般的存在。

我们其乐融融地聚在这个漂亮的壁炉前，工程师却嘟起了嘴（这个壁炉本可以造福更多的人）。他谈谈油暖气，问问洗衣机在哪里，告诉我的老朋友"需要跟上岁月的步伐"，他还对嵌在两米厚墙壁里的小窗户感到十分震惊。有人告诉他，在我们这儿，一年里至少有一百五十天是大风天。这狂风不仅能卷走牛角，有时甚至能卷走一整头牛。之后，他为我们上了最基本的一课，介绍了新型承重材料之类的东西。总之，他对这个农庄（这个农庄叫"寂静庄"）很不满意，并用体面的方式责备了我们。工程师吸了吸鼻子，从他的鼻孔里冒出一种现代化的舒适，就像咬着马嚼子的种马从鼻孔里喷出的雾气。他确信区议会、政府，乃至整个法国都不会同意出钱让人住进这样一栋又脏又破的房子里。有人告诉他，这栋破败的房子已饱经风霜，在这肮脏不堪的环境里，祖父活到了九十七岁，祖母活到了一百零三岁。工程师什么都听不进去。"至少……至少……"他说道，"至少你得装一间浴室和厕所吧。"他方才讲的是豪言壮语。

我的老朋友并非老顽固：他装了浴室和厕所。浴缸在他杀猪的时候能派上大用场，其他时候则装满了土豆。厕所根本没有用：因为这些粪草堆实在太宝贵了。而且，工程师忘记了一点，在这个名曰"寂静庄"的地方，得费尽心思才能从井里抽出水。"卫生设施"的管道和阀门开关都是人造的。不过，也多亏了这些伎俩，我们才有机会走上一条多少合适些的道路。

我对这些想让农庄跟上岁月步伐的行政部门和公务人员颇感兴趣。如今，人们得以开怀一笑的机会并不多。如果说在二十世纪还存在着一种与一世纪相类似的生活方式，那便是农村的生活方式。在1959年和在蓬提乌斯·皮拉图斯[1]统治的时期，一粒麦子发芽所需的时间应当完全相同。这些隶属于不同党派的实验室不应当随心所欲地改变一切。这些实验室造出了长着两个头的狗，培育出了有如南瓜一般大小的杏子，还研发了硕大的醋栗，堪比我们童年记忆里的红气球。如果我们不再热衷于做这些实验，不再乐此不疲地造这些卫生间，那么我们就会发现：正是黄道十二宫[2]让水果按季节生长，结出了正常大小的果实，并在田间地头建起了这些农庄。

1959年

---

1 蓬提乌斯·皮拉图斯（？—36），古罗马政治家，是罗马皇帝在犹大地的最高代表，曾判处耶稣钉十字架。
2 黄道十二宫，占星学术语，在天文学上，以太阳为中心，地球环绕太阳所经过的轨迹称为"黄道"，影响和预示着大地上人们的行为。

漫步十九世纪

在整个十九世纪和二十世纪上半叶，上普罗旺斯和多菲内[1]地区的农村人烟稀少。一些像雷多尔蒂耶尔（巴农镇）这样的小村落，在1750年拥有七位公证人，如今只是鹿尔山脚下的一个小白点；所有的房屋都已坍塌，化为尘埃，随风而逝，什么都没剩下。人口减少由许多原因造成，理应列举一番。

十八世纪末，法国大革命摧毁了城堡，也瓦

---

1 多菲内，法国东南部的一个行省。

解了维系民众集会的社会结构；新的思想理念使居民感到不安，让他们开了眼界，也让他们滋生了外出走走的愿望；人群开始流动起来。十九世纪初，可怕的拿破仑的征兵让青年人逃至荒芜的密林中。整个十九世纪，从1827年到1898年发生了13次霍乱疫情，使国家损失惨重，造成了大量人口死亡：在位于雅布龙河谷的莱索梅尔盖[1]，整个村庄的村民都在1832年被夺去生命；重建后，村庄再次遭受灭顶之灾，在1854年的霍乱中，395人中仅有37名幸存者；被摧毁了90%的圣文森特岛也在这片山谷中重建。最后，从现代主义开始，机械化的娱乐手段和按月付薪的方式吸引了山区的年轻一代。妇女们、姑娘们溜进电影院和霓虹舞厅，男孩和年轻人或手持锥子淹没在地铁里，或斜挎邮递包裹漫步在街道上，抑或头戴

---

1 莱索梅尔盖，法国上普罗旺斯阿尔卑斯省的一个市镇。

银色鸭舌帽转动着电车的电阻手柄。应当说，在许多情况下，他们不得不这样做：农民的土地还需与兄弟姐妹平分，这已不足以养活他们；他们很容易屈服于诱惑，而且也不得不屈服。还有一些老人，因年纪太大而无法离开，最终在村庄里死去。直到1914年一战（给了最后一击）结束，这里仍有一些冒失鬼、诗人和白痴；因此，一位名叫玛丽的人，她同时拥有这三种身份，确保了圣朱利安地区的延续，直至"夏日游客"时代的到来。

1939年战争开始后，逃亡运动发生了逆转。生活显然并不美好。我们知道，要想获得一丛韭菜，就需要一片土地。我们想到在离开的那片高地上会有耕地、韭菜和许多其他的东西。当然了，我们不是要回去，毕竟我们已经在城市定居，憧憬着美好的低租金住房。不能把自己的祖国放在鞋底下带走[1]，这被认为是一个国家的智慧所在。不过仍有遗憾：这处废弃的村落又出现了仙女般的面容，成了人们口中的谈资。科学技术持续且迅猛的发展使人很快沉醉其中。人们不仅梦想高山的自由，还渴望野性的率真。一些亿万富翁购买了烧烤架。一小批"攀登者"（乘车）爬上山坡，其中就有很多冒失鬼，像是边缘岗位上的末流者。他们惊叹于废弃谷仓的美丽，连最小的一块骡蹄铁或门铰链都被看作博物馆的杰作。当最初的热情过后，人们开始返回城里。（大部分时间都）背着吉他的冒失鬼们也悄然溜走了。"夏日游客"到了，和他们一块儿的还有一些无政府主义者，这些上了年纪的无政府主义老好人，所有的社会都是建立在他们的基础之上的。所以，这个社会也在建设，更确切地说是在

1　此为法国大革命领袖乔治·雅克·丹东（1759—1794）被捕前斥责逃跑者所说的话。

重建。他们给破旧的窗户装上新的百叶窗，在四面透风的墙壁上加装屋顶。

如果这片领土可以免于建筑师和唯美主义者的蹂躏，那么天然之美或许可以在这片群山中找到最后的归宿。

1965年